www.ingramcontent.com/pod-product-compliance
Lightning Source LLC
LaVergne TN
LVHW021225080526
838199LV00089B/5834
* 9 7 8 9 3 5 8 7 2 9 0 0 9 *

آئینے کے سامنے

(افسانے)

راجندر سنگھ بیدی

© Taemeer Publications LLC
Aaine ke saamne *(Short Stories)*
by: Rajinder Singh Bedi
Edition: October '2024
Publisher :
Taemeer Publications LLC (Michigan, USA / Hyderabad, India)

ISBN 978-93-5872-900-9

مصنف یا ناشر کی پیشگی اجازت کے بغیر اس کتاب کا کوئی بھی حصہ کسی بھی شکل میں بشمول ویب سائٹ پر اَپ لوڈنگ کے لیے استعمال نہ کیا جائے۔ نیز اس کتاب پر کسی بھی قسم کے تنازع کو نمٹانے کا اختیار صرف حیدرآباد (تلنگانہ) کی عدلیہ کو ہو گا۔

© تعمیر پبلی کیشنز

کتاب	:	آئینے کے سامنے (افسانے)
مصنف	:	راجندر سنگھ بیدی
صنف	:	فکشن
ناشر	:	تعمیر پبلی کیشنز (حیدرآباد، انڈیا)
سالِ اشاعت	:	۲۰۲۴ء
صفحات	:	۱۱۶
سرورق ڈیزائن	:	تعمیر ویب ڈیزائن

فہرست

(۱) باری کا بخار ... 6

(۲) سونفیا ... 37

(۳) وہ بڈھا ... 60

(۴) جنازہ کہاں ہے ... 84

(۵) آئینے کے سامنے ... 103

باری کا بخار

— مکانوں کے بلاک اور باڑیاں، بھٹے میں تپتی، جلتی ہوئی اینٹیں ہو گئے۔ گھروں کے اندر پنکھے چل تو پوری اسپیڈ سے رہے تھے، لیکن اُس گرم اور چپ چپ ہوا کو چاروں طرف پھینک رہے تھے۔ جس سے بچنے کے لیے ہمہ شمانے دروازے بند کر رکھے تھے۔

سواتی کو یوں لگا، جیسے کسی نے اس کی باڑی کے کواڑ پہلے سہلائے اور تھپتھپائے ہیں۔ وہ کھُل کر بیٹھی تھی، اس عالم میں جس میں عورتیں کسی بھی ایکا ایکی چلے آنے والے کو ڈانٹ دیتی ہیں — آتے تو آواز کر کے آتے؟.... دیکھتے نہیں، گھر میں کبھی کوئی کیسے بیٹھا ہوتا ہے، کبھی کیسے؟ جلدی سے سواتی نے ساری بدن پر پھینکی۔ چابیوں کا گچھا جو پلو کے ساتھ بندھا تھا، کوڑے کی طرح سے بدن پہ پڑا، جس سے درد ہوا اور مزا بھی آیا.... اوہ ماگو! اس کے منہ سے نکلا اور پھر وہ دروازے کی طرف لپک گئی۔ تیز چلتی ہوئی وہ پیچھے سے بطخ معلوم ہو رہی تھی، جو کسی بلّی یا کتّے کے جھپٹنے کی وجہ سے پوکھر کی طرف بھاگی اُڑی جاتی ہے...

باہر، اتنی گرمی پر بھی کوئی بھورا، کالا کمبل لپیٹے کھڑا تھا اور ہونگ رہا تھا۔ سواتی نے آدھے کھلے کواڑوں کے بیچ میں سے جھانکتے ہوئے پوچھا

— کون ہے؟

میں — ایک خلاصہ سی آواز آئی۔

پھر وہ پتلا سا، ڈرتا کانپتا، گرتا پڑتا ہوا باڑی میں گھسنے کے لیے بڑھا

.... اب گھر اور عورت ایک ہی بات ہے۔ دیکھے پرکھے بنا کوئی کسی کو کیسے اندر آنے دے؟

مجھے آنے دے، سواتی۔

— یہ آواز.... پہلے بھی کہیں سنی تھی۔ مگر اس پر بھی کوئی بھورے کالے کمبل لپٹے ہوئے تھا

مجھے جوَر آرہا ہے — بخار!

سامنے، انیم چورستے پہ رکشا والے، رکشا کے بازوؤں پر گھنٹیاں مارتے ہوئے گزر رہے تھے۔ کام کرنے والوں، مزدوروں کی شکل دنیا میں ہر جگہ ایک ہی سی ہوتی ہے، اس لیے یوں معلوم ہوتا تھا جیسے یہ لوگ گول گول بھوگول کے چکر کاٹ کر پھر وہیں آنکلے ہیں۔ ایسے ہی ٹھیلے، بمبو کاٹ اور گاڑیوں والے.... انھیں لو سے بھی بڑی کوئی آگ لگی تھی، ورنہ گھر کا سکھ اور آرام چھوڑ کر یہ لوگ دوپہر کے وقت سڑکوں پہ نکل آتے؟ در اصل انھوں نے عورت کو محبت کی مار کے بدلے جو پیسہ دیا تھا، ختم ہوگیا تھا۔ اب الٹے دھکوں سے مجبور وہ باہر نکل آئے تھے

— جاؤ۔ کماؤ اور مرد! گھر میں تب گھسنے دوں گی، جب ہاتھ میں ٹکے ہوں گے۔

اور وہ سب بہکے بہکے، مارے مارے پھر رہے تھے۔ کچھ اور بھی محنت اور پسینے سے شرابور وہ دل میں انھی لوگوں کو گالیاں دے رہے تھے، جنھیں اپنی مرضی اور خوشی سے خود پہ سوار کر رکھا تھا۔ اس گلی میں تو وہ گھس ہی نہ سکتے تھے، کیونکہ جگہ جگہ شہر کی حد باندھنے والی کارپوریشن نے 'نو انٹری' کے بورڈ لگا رکھے تھے۔

آدمی کا چہرہ کمبل سے باہر آتے ہی سواتی نے پہچان لیا ــــ بنھ ورا!
ہاں، یہ بنھ کرشن ہی تھے۔ وُہی چہرہ ــ تانبے اور جست کا بھرت، جو غصے سے ایک دم تپ اُٹھتا اور اسی سانس میں نچڑ کر ٹھنڈا پیلا بھی پڑ جاتا، دھات فلزات کے سب قانون جھٹلاتے ہوئے۔ بچپن میں کسی ہمجولی نے جو غلیل ماری تھی، بھوؤں کے اوپر، بائیں آنکھ سے تھوڑا ملتا ہوا اس کا نشان ابھی تک دکھائی دے رہا تھا۔ آدمی بڑا ہو اور طاقت پکڑ لے تو بچپن کی مار کے سب داغ مٹ جاتے ہیں۔ لیکن بنھ کرشن پہ ٹوٹی ہوئی صحت کی قیامت اور برسی ہوئی سینتیس برساتیں اس داغ کو دھو مٹا نہ سکی تھیں۔ اُلٹا وہ پھیل کر ان کی شخصیت کا خاص نشان بن گیا تھا۔

بنھ کرشن کو پہچانتے ہی سواتی اپنے آپ سے گھبرانے لگی۔ اس نے دھوتی ساری کو تھوڑا اوپر کھینچا، لیکن اس پر بھی اس کا آپا باہر جھانکتا ہوا دکھائی دے رہا تھا۔ وہ ناٹے قد، سانولے رنگ کی ایک خوش شکل عورت تھی، جس کے بدن کو اس کے پتی نے جگا تو دیا تھا، لیکن سلا نہ سکا تھا . . . . یوں سواتی آکاش پہ تاروں کا ایک جھمکا ہے۔ بتیس برس پہلے وہ دھرتی پہ کیسے چلا آیا؟ یہ کسی کو نہیں معلوم۔ اتنا ہی معلوم ہے کہ دھرتی سے بھی کچھ ستارے آکاش کو جاتے ہیں اور اس سنسار میں جتنے

اچھے کام کیے ہیں، ان کے بدلے کا سکھ بھوگ کر پھر نیچے آتے، دھرتی کی کوکھ میں پڑتے اور جنم لیتے ہیں۔۔۔ مہا کوی ٹیگور بھی وہیں ہیں — اوپر جوڑا سانکھو کے آکاش پر۔ مگر ان کے آنے میں ابھی بڑے جُگ ہیں۔۔۔

آپ؟۔۔۔ سواتی نے کہا — بھودی نہیں باڑی پر؟

نہیں۔

کہاں گئی؟

گورُوکُل — پڑھانے

گورُوکُل میں — عورت!

عورت؟

— اور اپنی پتنی کی بات کرتے ہوئے بنھ کرشن نے زور سے پھٹی ہوئی ہنسی ہنس دی۔ اب رام جانے وہ ایک عورت کا مذاق اُڑا رہے تھے، یا دنیا بھر کی عورتوں کا؟۔۔۔ گورُوکُل سے ان کا مطلب لڑکوں کا اسکول تھا البتہ، جہاں مادھوی، ان کی پتنی، پڑھاتی تھی۔ وہ شہر سے اتنا دور تھا کہ ہفتے میں صرف تین دن وہاں بس جاتی تھی۔

یہی بنھ کرشن کبھی سواتی کے اپنے تھے۔ شریر سے اپنے تو آتما سے بھی اپنے۔ شادی سے پہلے وہ کیسے گھر کے گربھ استھل تک گھُسے آتے تھے۔ سواتی ڈرتی، کانپتی، بے ہوش ہو ہو جاتی تھی، مگر ان کے وجود سے ایک اپار آنند کا انوبھو بھی ہوتا تھا۔ ان کے جانے کے بعد وہ جیسے کسی نشے میں سو جاتی، جاگتی تو ہر کام کے لیے بھاگ کر پہنچتی، جہاں وہ چل کر بھی جا سکتی تھی۔۔۔۔ پھر کیا ہوا؟ جیسے کہ ہوتا ہے — سواتی کو کمل بابو لے گئے، اور بنھ کرشن کو مادھوی۔۔۔۔ بنھ اُن مردوں میں سے تھے، جن کے لیے عورتیں برائیں لے کر آتی ہیں۔

اسی ہار اور ضد کی وجہ سے بنھ کرشن "بڑے آدمی" ہو گئے تھے۔ کلکتے کی تین ہزار سے اوپر ناٹک کمپنیوں میں سے بنھ دا کی 'لوک بانی' ہی تھی، جسے سب سے زیادہ عزت ملی۔ ٹکے ملے بھی تو انھوں نے ساتھ کام کرنے والوں میں بانٹ دیے۔ خود یوں سکھی ہو گئے، جیسے آدمی جھڑ جانے کے بعد ہوتا ہے۔ ہاتھ جھٹکتے ہوئے وہ اشتوتش باڑی، اپنے گھر چلے آئے اور اپنی پتنی سے وہ مار کھائی کہ پتنی کی مار بھی اس کے سامنے کیا ہوگی؟

بنھ دا لکھتے تھے اور ابھنے بھی کرتے تھے۔ جب لوگ انھیں پھولوں کے ہار پہناتے تو وہ انھیں اتار کر اپنے کھیل کی سندھیا رانی یا ناگ بھیم کے گلے میں پہنا دیتے اور کبھی اپنی پتنی مادھوی اس مان پرتیشٹھا میں شامل تو ہو جاتی تھی، مگر اسے حاصل کرنے کے لیے کلاکار کو جو کرنا، اٹھنا پڑتا ہے، اس کے لیے تیار نہ تھی.... یہ تو سب ان کا ہے، میرا کیا ہے؟ وہ ان عورتوں میں سے تھی۔ جو اپنے بچوں کے بارے میں بھی یہی کہا کرتی ہیں — سب ان کے ہیں، میرا کیا ہے؟..... اس کے لیے اپنی قیمت بڑھانے، اپنا مول ڈلوانے کا اب کوئی راستہ نہ تھا، سوائے اس بات کے کہ وہ سب ایسی باتیں کرے، جو بنھ کرشن نہیں کر سکتے تھے۔ وہ شخصیت تھے، چلن نہیں، چنانچہ بنھ شخصیت ہوتے گئے اور مادھوی چلن پکڑتی گئی۔ اس نے گھر اور دھڑا دھڑ آنے والے پانچ بچوں کی طرف اپنا دھرم سنبھال لیا۔ پوجا پاٹھ شروع کر دیے۔ کہاں وہ ہوٹل، چکن اور مٹن سے ادھر بات ہی نہ کرتی تھی اور کہاں اب اس نے انڈہ، میٹ تو ایک طرف گھر میں مچھلی بھی گھسنے کی ممانعت کر دی۔ اب بھی جب وہ باہر سے آتی ہے تو اشتوتش باڑی کے پیچھے، پوکھر کی مچھلیاں پانی میں سے اُچھل اُچھل کر اُسے دیکھتی ہیں.....

اور بنھ کرشن گرتے پڑتے اوپر ہی اوپر جا رہے تھے۔ ایک دن مُنزل نے ان کی پیٹھ پر ہاتھ رکھا اور اپنے ہست اکھشروں سے ’سند ہو منڈل‘ کی کاپی دی۔ الیکشن لڑنے والے جانتے تھے کہ جیتنا ہے تو بھوانی پور سے بنھ کرشن کو ساتھ لے لو۔ اب معاملہ تھوڑا ٹھنڈا پڑ گیا تھا البتہ، کیونکہ، بمبئی کے بازار میں بے شمار پارٹیوں نے دکانیں کھول لی تھیں اور منہ کے بھونپو بنا بنا کر، چلّا چلّا کر وہ اپنا اپنا مال بیچ رہے تھے۔ ٹاؤٹ لوگ تک بوکھلا گئے تھے اور نہیں جانتے تھے، اب کس پارٹی کا جھنڈا اٹھائیں۔ ایک دن بنھ والے کہا بھی — مجھ سے کہیں کہ کون سی پارٹی اب جنتا کے لیے اچھی ہے تو میں آپ سے پوچھوں گا‘ وہ سامنے دیوار پر بیٹھا ہوا کوّا نر ہے یا مادہ؟

مجھے باری کا بخار ہے‘ سواتی۔

باری کا بخار؟

ہاں .... جو ایک دن چھوڑ کر آتا ہے۔

میں مر گئی .... سواتی نے چھاتی پر ہاتھ رکھتے ہوئے کہا۔ لیکن ابھی تک وہ دروازے میں کھم گڑی تھی اور بنھ کرشن کو اندر آنے نہ دے رہی تھی۔

تم نے دُھنیے کو نہیں دیکھا؟ بنھ بولے — کیسے روئی کے پھوئیں اڑا دیتا ہے؟ بخار کے بعد ایسی حالت ہو جاتی ہے میری ..... آج پانچ بجے پھر باری ہے۔

اب کے سواتی نے بنھ کرشن کی طرف دیکھا تو اس کے من میں ممتا چلی آئی۔ بنھ کہتے رہے — اسے ہی ٹالنے کے لیے میں چلا آیا ہوں، تیرے دوار۔

ہیں (ہاں) بنھ دا! — سواتی نے الجھن اور کچھ اپنے آپ کو سناتے ہوئے کہا — وہ نہیں ہیں نا گھر پر۔ کھوکھی کے پتا۔

کمل بابو؟ ..... مجھے اس سے کیا لینا؟

اور پھر کچھ دیر کے بعد بولے ـــــ تو نہیں آنے دے گی، تو میں یہیں گر جاؤں گا۔ چوکھٹ پر..... اور پھر مرکہ پٹی ہوئی نگاہوں سے اس کی طرف دیکھتے ہوئے بولے ـــــ بیمار کے بھی کوئی لِنگ ہوتا ہے، سواتی!

سوال بدنامی کا تھا، جو ممتا سے بڑی ہے اور لِنگ سے بھی بڑی۔ وہ ایسی گو ہے، جو بدن ہی کو نہیں، دماغ کو بھی جھلس کے رکھ دیتی ہے.....

پردیج (پردیز)، کمل بابو کے ناٹب کی عادت تھی، وقت بے وقت کمل بابو کا سندیس لے کر آدھمکنے کی۔ پھر پڑوس میں بھیشم باڑی کی کھڑکی میں اُڑیا کی رادھا یوں نیچے دیکھ رہی تھی، جیسے اوڑ کے دنوں میں کرشی لوگ اوپر میگھا پانی کے لیے دیکھتے ہیں۔

سب کچھ کیسے اوپر نیچے ہوگیا تھا ـــــ دھرتی، آکاش..... سواتی، کمل..... بنھ اور مادہبی.....

سواتی کے من میں سب پرانی یادیں لپک آئیں۔ جنھیں آدمی یوں دہرانا کھانا چاہتا ہے، جیسے اگھوری لوگ مردہ کھاتے ہیں۔ لیکن اُڑیا کی رادھا کو دکھانے کے لیے سواتی نے دروازے کو کھلا رہنے دیا، اور بنھ کرشن کو اندر آنے کا اشارہ کرتی ہوئی آپ باہر بھاگ گئی..... بطخ پوکھر کی طرف بھاگی، اُڑی جا رہی تھی.....

بنھ کرشن گرتے پڑتے باڑی میں داخل ہوئے، جب کہ اس کی مالکن خود باہر چلی گئی تھی۔ پھر تری ہری کے شرنگار شتک کی عورت کی طرح سے،

جو ہوتی اپنے مرد کے بازوؤں میں ہے، لیکن سوچتی کسی دوسرے کے بارے میں ہے۔

اندر آکر مدھ کرشن نے کمبل کو بدن سے الگ کیا، جو اناکی طرح سے انسان کا پیچھا ہی نہ چھوڑ رہا تھا۔ پہلے تو انھیں اچھا لگا، لیکن فوراً ہی بعد ایک کپکپی آئی اور انھوں نے اسے دوبارہ اوڑھ لیا۔ پھر وہ اِدھر اُدھر دیکھنے لگے کہ شاید اسی گھر میں انھیں پرانی محبت کے کوئی چنہہ نظر آجائیں۔ کوئی تصویر، کوئی مان پتر جو لوک بانی اسے کبھی سواتی کو دیے تھے، جب وہ اُن کے کھیل میں چھوٹے چھوٹے، نٹ کھٹ سے رول کیا کرتی تھی، لیکن وہاں پرانی محبت کا تو ایک طرف، نئی کا بھی کچھ پتہ نہ تھا۔ البتہ ایک تپائی پہ، صندل کے چوکھٹے میں چار پانچ سال کی ایک بچّی کی تصویر ضرور تھی، جو کھوکھی کی ہوگی..... کوئی مزا لیتے ہوئے مدھ کرشن نے حساب لگایا — کھوکھی، ضرور اب بارہ ساڑھے بارہ برس کی ہوگئی ہوگی....

چھت کے کُنڈوں کے ساتھ لٹکا ہوا، گجراتیوں کے ہاں کی طرح کا ایک جھولا ہنڈولا تھا، جو بیٹھنے اور جھولنے کے بجائے گھر کی ہر آلتو فالتو چیز، حتیٰ کہ کوڑا کباڑ تک رکھنے کے لیے استعمال ہوتا تھا۔ سواتی تو بلّی کی طرح سے صاف اور ستھری رہتی تھی۔ اس کی ہر بات میں ایک قرینہ، ایک ادا تھی، پھر یہ سب کیا ہوا؟..... پھر؟ کچھ بھی ہوا..... بدن سے اُتارے اور اِدھر اُدھر پھینکے ہوئے کپڑوں میں سے کل پرسوں کے پسینے کی باس آرہی تھی۔ ایسا معلوم ہوتا تھا اسے کہ گھر کی مالکن اب کیچ اور غلاظت ہی کو پسند کرنے لگی ہے۔ اُس بھینس کی طرح سے جو دلدل میں لوٹ کر ہی تسکین پاتی ہے، اوپر پنکھے کی ہوا میں وہ کپڑے ہل رہے تھے — کبھی آہستہ، کبھی تیز

تیز.... دھوتیاں اور بُنیئے ایک دوسرے میں یوں اُلجھے ہوئے تھے، جیسے رنڈیوں اور بھڑووں کی محبت۔ نیچے، دیوار کے ساتھ، ریلوے ویٹنگ روم میں دکھائی دینے والی آرام کرسی اپنے لانبے لانبے بازو پھیلائے پڑی تھی۔ ناطاقتی کے احساس سے بنھ کرشن اس پر بیٹھ تو گئے، مگر چھپائے... چھپانے کے سوا اور ہی کیا' اس دنیا میں؟.... کرسی لیٹنے اور بازوؤں پہ اپنی ٹانگیں پھیلا دینے کے لیے کہہ رہی تھیں، مگر بنھ کرشن پرائے گھر میں ایسے بے تکلف نہ ہو سکتے تھے۔ اب وہ نہ بیٹھے ہوئے تھے اور نہ لیٹے ہوئے۔ وہ صرف اس انتظار میں تھے کہ سواتی آئے اور انھیں اس 'آرام' سے موکش دلائے...

کھلے دروازے میں سے کلکتہ شہر کے نصیبے نظر آرہے تھے۔ اس علاقے میں بلاک، باڑیاں اور پوکھر کسی نے بنائے تھوڑے ہی تھے۔ وہ تو ایک لفظ 'کُن' سے ہو گئے اور یا پھر اندر کی کسی بیماری، کسی تخمیر سے بنی، بڑھ اور پھول گئے تھے۔ ہائیڈروسیل کی طرح سے۔ اور اب کلکتہ اپنے فوطوں کو تھیلی میں ڈال کر، کمر سے انھیں لٹکائے پھر رہا تھا، ٹکے بنا رہا تھا۔ کیسے بھی، کسی طرح سے بھی۔ ٹرانسپورٹ کا نیا ٹرک خریدا گیا تھا، جو اسمگل کیا ہوا مال لاد کر باگ ڈوگرا اور سِلی گُری کی طرف جائے گا۔ چونکہ پہلا ٹرِپ ہوگا اس کا، اس لیے بہت سی رسمیں ادا ہوں گی، جیسی جہاز کو سمندر میں ٹھیلنے پہ ہوتی ہیں۔ ڈھانچے پہ کاجو یا فینی شراب کی بوتل توڑی جاتی ہے، ناریل پھوڑے جاتے ہیں۔ پھر پوجا، پھول، مانگ میں سیندور.... کیا کچھ نہیں ہوتا؟ آخر ایک بار رواں ہو جانے پہ کوئی پوچھے گا بھی نہیں۔ انجر پنجر ڈھیلے ہی رہیں گے۔ جرخی مُڑی تُڑی ہے تو مُڑی تُڑی ہی رہے گی۔

پھر کسی جانکار کی نظر پڑے گی تو ـــــ

جبھی سواتی لوٹ آئی ۔ اس کے ساتھ کھوکھی تھی ۔

ماں کے کہنے پہ کھوکھی نے .بنھ دا کو پرنام کیا اور آشیرواد لی۔ سواتی دیکھتی رہی ـــ بھلا کہاں تک پہچانتے ہیں ؟

.بنھ کرشن نے اپنا چہرہ دوسری طرف موڑ لیا۔

اب میں کھیلوں، ماں ؟ ـــ کھوکھی نے کہا۔ جیسے وہ باہر، پوکھر کے پاس، سال کے پیڑ تلے کھیل رہی تھی کہ ماں اسے زبردستی گھسیٹ لائی ۔

ہیں ـــ کھیلو

کھوکھی کے ہاتھ میں چاک تھی اور ٹھیکری۔ اس نے زیادہ باتیں نہ کیں۔ وہیں فرش پر لکیریں کھینچ کر وہ ٹھیکری سے داؤ رڈا کھیلنے لگی۔ سواتی سے نظریں بچا کر .بنھ کرشن نے کھوکھی کی طرف دیکھا، جو اب ایک ٹانگ کے .بل کھڑی تھی اور کسی بھی وقت ٹھیکری کو ٹھوکر لگا سکتی تھی، لائن کے پار جا سکتی تھی۔

کتنی بڑی ہوگئی ! ـــ .بنھ دا نے مانتے ہوئے کہا..... کچھ اور برس، اور یہ آپ ہی اپنی ماں ہو جائے گی۔ اور پھر کیلنڈر پہ کسی پرانی تاریخ کو سگے دیکھ کر بولے ـــ تاریخ تو بدل دو، نہیں تو ہم سب امر ہو جائیں گے۔

سواتی نے .بنھ کرشن کی طرف دیکھا اور مسکرا دی ۔ کھوکھی کے چلے آنے سے اسے کوئی رہائی سی مل گئی تھی۔ اب وہ .بنھ کے ساتھ کھل کر بات کر سکتی تھی اور ان کے بیمار ہونے کے ناتے دیکھ ریکھ بھی۔ البتہ، اندر آتے ہوئے اس نے دروازے کو کھلا رہنے دیا، مبادا ـــ

کمبل اتار دو، .بنھ دا۔ اس نے کہا..... آپ کو دیکھ کر تو میرا اپنا بدن

پھنکنے لگا ہے .... اوکالی ماں! کتنی گرمی ہے. پچھلے بارہ برس میں تو اتنی پڑی نہیں۔

کمبل اتارتا ہوں تو سردی لگتی ہے ـــ وہ بولے

سر... دی ؟

ہاں۔

کوئی بات نہیں۔ میں کھاٹ ڈال کر بستر بچھائے دیتی ہوں اور خاشے کی ایک موٹی چادر دیتی ہوں، جس سے سردی نجیک بھی نہیں آئے گی.....
او ماگو، یہ کمبل تو پورا بھیگا ہوا ہے....

سواتی نے برآمدے کی طرف، دیوار سے لگی ہوئی کھاٹ اٹھائی۔ اندر سے مرزا پور کا نیا خریدا ہوا کارپیٹ نکالا اور بچھا دیا۔ پھر جلدی جلدی اس پر دو تہی ڈالی اور پھر سفید، براق چادر اور پائینتی پہ خاشے کی اجلی، موٹی چادر رکھ دی۔ بنھ کرشن نے ڈرتے ڈرتے کمبل اتارا، لیکن اندر دھوتی اور جبے کو دیکھنے سے یوں معلوم ہوتا تھا، جیسے کسی پوکھر کے پانی اور دلدل سے نکل کر آئے ہیں۔

وہ تو شاید کچھ نہ کہتے۔ لیکن سواتی نے ٹوک دیا ـــ ٹھہرو.... وہ لوٹی اور پھر کمرے کی طرف چلی گئی۔ لوٹی تو اس کے ہاتھ میں اپنے مرد کی گنجی وغیرہ تھی اور دھوتی جبہ.....

ادپر کمرے میں جا کر بدل لیجیے۔ سواتی نے کہا۔

بنھ کرشن نے تھوڑا تامل کیا ـــ نہیں، میں بیمار ہوں نا؟

"تو یہ کس روگ کے دارو ہیں؟

بنھ وا نے اپنا چہرہ پھر دوسری طرف کر لیا۔ ان کی صحت اب ذرا سی

بھی مہربانی برداشت کرنے کی تاب نہ رکھتی تھی۔ جب تھوڑی دیر اور انھوں نے ہاتھ نہ بڑھایا تو سواتی کہنے لگی — بدل، ننھ دا! آپ کو میری سوگند لگے۔ پھر میں یہ دھو دوں گی، آپ والے...

ننھ کرشن نے اپنے کپڑے لیے اور اندر چلے گئے..... وہ کانپ رہے تھے۔

سواتی نے جلدی جلدی چولہا جلایا۔ بیچ بیچ میں وہ کھوکھی کو کوئلے، دسپناہ قسم کی کوئی چیز پکڑانے کے لیے کہتی، تو کھوکھی جھلا اٹھتی — تم ہمیشہ میرا کھیل خراب کرتی ہو، ماں!

آخر سواتی نے کہا — اور تم لوگوں نے، جو میرا کیا ہے؟

کھوکھی نے ماں کی طرف دیکھا کہ کیا بک رہی ہے۔ پھر کچھ سمجھ میں نہ آنے سے وہ اپنے داؤ روڑے میں لگ گئی۔ بیچ میں وہ کبھی کبھی دروازے کے پاس جا کر باہر کی طرف جھانک لیتی تھی۔

کمرے سے نکلے تو ننھ کرشن کو اپنا آپ عجیب سا لگ رہا تھا۔ جیسے کپڑے پہننے ہی سے وہ تھوڑا اکمل بابو ہو گئے۔ جملہ حقوق کے ساتھ ایسا نہ ہوتا تو سواتی کیوں ان کی طرف دیکھ کر شرماتی، نگاہیں نیچی کر لیتی؟....

آگ جل چکی تھی سواتی نے پانی کی پتیلی چولہے پر رکھی اور اپنے آپ کو ساری کے پلو سے ہوا دیتی ہوئی وہ آنگن کی طرف چلی گئی، جہاں ایک کٹگھرے میں تلسی کا پودا لگا ہوا تھا۔ اس نے تلسی کی پتیاں توڑیں اور جا کر پتیلی میں پھینک دیں۔ جب پانی کھولنے لگا تو اسے نیچے اتار کر سواتی نے اسی میں حاجیوں والی، انسٹنٹ چائے کی پوٹلی ڈال دی۔

سواتی نے کیسے بستر بچھایا تھا، چادر پر کی ایک ایک سلوٹ نکال دی

تھی۔ کس محبت سے تلسی کی چائے بنائی تھی۔ کیا وہ کمل بابو کے ساتھ بھی ایسے ہی کرتی تھی؟ کیا مادھبی کبھی بھی ایسا کرسکتی ہے؟ ..... ننھ کرشن کھاٹ کے پاس جاکر اس پر لیٹ گئے اور کمبل کی بجائے چادر اپنے اوپر کھینچ لی۔ وہ اعتنا قسم کی بے اعتنائی سے گھر کے آکاش پہ سواتی کو چمکتے ہوئے دیکھ رہے تھے۔ جبھی ان کے چہرے پہ کئی ورق اُلٹنے لگے اور ان گنت تالیوں کی آوازیں آنا شروع ہوئیں، جو 'لوک بانی' کے کام کے سلسلے میں پڑی تھیں —— سواتی کے ساتھ، سواتی کے بغیر..... اگر وہ ان کی ہوتی تو کیا اچھا ہوتا؟...... پھر اس عورت کی سخاوت کی وجہ سے ٹکے بھی رہتے، جواب مادھبی کے 'سنگت' کی وجہ سے پارٹیوں' ہوٹلوں اور کوٹھوں کی راہ بنا رہے تھے۔

لو ننھ وا—— پی لو۔

ننھ کرشن نے ہوش میں آتے ہوئے دیکھا —— سواتی گرم گرم چائے کی کٹوری ساری کے پلّو میں تھامے کھڑی تھی۔ کمبل تو انھوں نے اُتار ہی دیا تھا۔ اب خاشے کی چادر نہ اُتر رہی تھی

اس سے میرا بخار جاتا رہے گا کیا؟ انھوں نے کہا۔

ہیں—— تلسی کی چائے تو برسوں کے روگ نکال دیتی ہے۔ پھر میں کالی مرچ اور دھنیے کا لیپ بناؤں گی۔ سل بٹے پہ پیسوں گی، ماتھے پہ لگاؤں گی اور آپ ٹھیک ہوجائیں گے..... اور اس سانس میں کھوکھی سے بولی

.....کھوکھی! کپڑے تو پانی میں ڈال۔

ماں!..... کھوکھی نے برا سا منہ بناتے ہوئے کہا، اور کھیل چھوڑ کر کپڑے اٹھانے چلی گئی۔

ان باتوں سے میرا کچھ نہ ہوگا ــــ بنھ نے کہا

آپ .... پی کے دیکھیے۔

نا.... نا

پینا پڑے گی ــ سواتی نے کچھ برہم ہوتے ہوئے کہا اور پھر جیسے پچکارتے ہوئے بولی ... پی بھی لیجیے "نا" پھر مٹھی دوں گی....

اُچھو اور ہنسی بنھ کرشن میں مل گئے، جیسا کہ عمر زیادہ ہو جانے پہ ہوتا ہے۔ جبھی جیسے بانہہ ڈال کر سواتی انھیں سہارا دینے، اٹھانے لگی۔ بنھ آہستہ آہستہ حرکت میں آئے، اُٹھے۔ دو کانپتی ہوئی جانیں ایک دوسرے کے اتنا قریب ہو گئی تھیں کہ بنھ کرشن کا سر، آنکھیں اور منھ سواتی کے بدن کے اُن حصوں کو چھو رہے تھے، جہاں ممتا اور نار تو ایک ہوتے ہیں۔ ایسے ہی سواتی کے ہونٹ بنھ دا کے اس نشان کو چھوتے ہوئے گزر گئے، جو بچپن ہی سے ان کے ساتھ تھا۔ کھوکھی کے دیکھنے سے وہ ایکا ایکی الگ ہو گئے۔ اب وہ ایک دوسرے سے یوجنوں دور تھے، ایک ایسی ہی ریتی کے کارن، جس نے شونار بنگلہ کو دو حصوں میں بانٹ دیا تھا۔ دو گاؤں کے بیچ گنگا یا برہم پتر کی لکیر اور کہیں نہ دکھائی دینے والا خط تھا، جسے پھاند نے پہ گولی لگتی تھی ــــ اِدھر کی یا اُدھر کی....

چائے پینے کے بعد بنھ کرشن پیچھے کی طرف لیٹ گئے۔ جہاں گھٹنے کی مدد سے سواتی نے دو تکیے سرکا دیے تھے۔ پھر وہ لیپ بنانے کے لیے سل بٹہ ڈھونڈنے جا رہی تھی کہ بنھ دا نے اس کا ہاتھ پکڑتے ہوئے کہا ــــ سواتے!

ہیں .... سواتی مجبوبانہ انداز سے ان کی طرف دیکھنے لگی۔ کھوکھی پرے ٹب میں کپڑے کھنگال رہی تھی۔ بیچ بیچ میں چور آنکھوں سے وہ ان دونوں کی طرف دیکھ بھی لیتی تھی، جیسے کچھ سمجھ رہی ہے، نہیں سمجھ رہی۔

لیپ دیپ سے میرا کچھ نہ ہوگا ـــ بنھ وا نے کہا... باری کا بخار ٹوٹکوں سے جاتا ہے۔

ٹوٹکے ؟ ـــ ٹوٹکے تو مجھے نہیں معلوم۔

کوئی کہہ رہا تھا، ایک کتھا سننے سے تپیا تپ چلا جاتا ہے۔

کیسی کو تھا ؟.... کون سناتا ہے ؟

یہاں کالی گھاٹ میں ہیں، کوئی اچاریہ جی... تم بھی سنا سکتی ہو۔

میں ؟

ہاں...... وہ سُنا دو، جب تمھارے پتا مادھوداس کو ہماری محبت کا پتہ چل گیا تھا اور انھوں نے جیسے کلف لگے ہوئے کپڑے پکڑ لیے تھے۔

سواتی زور سے چلّائی ـــ کھوکھی! گھنٹے بھر میں تم دو کپڑے نہیں ڈھلک سکتیں ؟ کیا اس لیے پال پوس کے بڑا کیا ہے، کہ ماں کا اتنا سا بھی کام نہ کرو ؟........ اور پھر جیسے بنھ کرشن کا منہ بند کرنے کے لیے وہ بولی ـــ وہ کو تھا میں نہیں سنا سکتی بنھ دا! جو ہونا تھا، ہوگیا بھگوان جو بھی کرتے ہیں، اچھا ہی کرتے ہیں۔

اور وہ پرے دیکھنے لگی۔

ایک بات بتاؤ　بنھ کرشن نے کہا... تم سکھی ہو، کمل بابو کے ساتھ ؟

ہیں... سواتی نے کچھ زیادہ ہی زور سے سر ہلاتے ہوئے کہا ـ بیشی (بہت)... آپ اپنی کو تھا بولیے۔ پھر وہ ایک پیڑھی سی گھسیٹ کر بنھ کرشن سے تھوڑا دور بیٹھ گئی۔ اس فاصلے کو دیکھ کر کھوکھی بے توجہ ہوگئی اور اپنے کام میں جُٹی رہی۔

کھلے دروازے میں سے انیم چورستے کے رکشا والے چکر کاٹتے دکھائی دے رہے تھے۔ سنائی دے رہے تھے۔ وہ بھاگ رہے تھے، جاگ رہے تھے ٹکے ملیں گے..... سالی خوشی ہوگی.... سالی بیوی نہیں ہوتی، مگر بیوی ضرور سالی ہوتی ہے!.... ان میں سے کسی کو نہیں معلوم تھا کہ اگلے ہی قدم پر وہ گر سکتا ہے، مر سکتا ہے، خواہ مخواہ لُو کا نام بدنام کرتا ہے۔ ہاتھ میں ٹکوں کی بجائے اپنے دو نیبو رہ جائیں گے، جن کے بارے میں کہا جاتا ہے کہ وہ لُو کا حملہ اپنے اوپر لے لیتے ہیں۔ انھیں کیا معلوم کہ ایک حد کے بعد وہ لُو ہی کا حصّہ ہو جاتے ہیں۔ پھر لو اور نیبو مل کر جو حملہ کرتے ہیں، اس سے کوئی اجمل خاں بھی نہیں بچا سکتا۔

بخم کرشن نے سواتی کی طرف منہ موڑتے ہوئے آہستہ سے کہا۔

تو نے کمل بابو کو بتا دیا تھا؟

کیا بتا دیا تھا؟ سواتی بولی

اپنا اور میرا!

سواتی نے بے توجہ کھوکھی کی طرف دیکھتے ہوئے کہا — ہیں، وُہی تو بھول ہوئی!

تو؟..... وہ تم سے پیار نہیں کرتے؟

کرتے ہیں۔ پر جب نکٹ آتے ہیں تو جانے کیا ہوتا ہے....؟

کیا؟

جیسے کوئی کوتھا بیچ میں آ گئی.....

کیسی کتھا؟

سواتی چُپ رہی.....

بولونا — بنجم کرشن نے ضد کی۔

تم.... بچپن میں جو ہوا سو ہوا۔ میں تو سب بھول کر ان کی ہو تی ہوں، مگر وہ.... میرے پاس نہیں ہوتے۔ ویسے سب کچھ ہوتا ہے، پر مجھے یوں لگتا ہے کہ یہ کوئی اور ہیں اور میں — ہر بار وہ میرا پتی برت توڑ دیتے ہیں.... اور سواتی جیسے رونے لگی۔

وہ آپ کتنی برت ہیں؟

سواتی ایکا ایکی خفا ہو گئی۔ اس نے بنجم کرشن کی طرف یوں دیکھا جیسے کوئی اجنبی، کسی دشمن کی طرف دیکھتا ہے۔ وہ اس کے دل کو ٹھیس پہنچا رہے تھے۔

چھت پر جو پنکھا چل رہا تھا، جیسے صدیوں پرانا ہو۔ اس کی آواز جو پہلے سنائی دے رہی تھی، اب شور مچانے لگی۔ بنجم دا نے پہلے دُور دیکھے اور پھر نزدیک آتے ہوئے کہا — میرا تو سربناش ہی ہو گیا۔

کیا کہتے ہو....؟ سواتی ایک ہی جست میں خفگی سے دلچسپی میں چلی آئی — کھوکھے کھوکھیاں ہیں اور پھر — بہودی....

مادہوی؟ — اب کیا بتاؤں؟ تم جیسے جانتی نہیں، مادہوی کو....

کیوں؟ — سندر ہے۔

سندر!

سچّی۔ نیم دھرم کی پکّی۔ پوجا پاٹھ کرتی ہے۔ مچھلی مانس کو ہاتھ نہیں لگاتی۔ ہفتے میں کچھ نہیں تو دو بار دکشینشور جاتی ہے، جہاں وہ رام کرشن کو نہیں، ماں کو ماتھا ٹیکتی ہے۔ وہ تو دیوی کا ہے۔

نہیں چاہیے دیوی — اور پھر بنجم کرشن نے سواتی کو ایسی نظروں

سے دیکھا، جیسے کہہ رہے ہوں ـــــ ایسی باتیں کرکے تو میرے بخار کا علاج کررہی ہے؟.... جمپر کے نیچے گنجی پسینے سے تر ہورہی تھی۔

کیا آپ کو چاہیے، دیوی نہیں تو؟

عورت!.... آدمی کتنا بھی شریف ہو، کتنا بھی ٹھنڈا ہو، لیکن ایک وقت تو آتا ہی ہے، جب اُسے عورت کی ضرورت ہوتی ہے.... دیوی کے ساتھ بھی سمبھوگ کرسکتا ہے کوئی؟

دھت ـــــ سواتی ساری میں منہ چھپاتے ہوئے بولی۔

ہاں ـــــ بنھ کرشن نے کہا ـــــ بس وہ دن، وہ رات مادھوی کی ہوتی ہے۔ وہ اپنا دیوگُن اور بھی اُبھارلیتی ہے۔ جیسے اسے میری ضرورت ہی نہیں۔ جب وہ مجھے یوں ذلیل کرتی ہے، جیسے میں انسان نہیں، جانور ہوں۔

سواتی کچھ سوچ رہی تھی۔ وہ بولی ـــ اس میں سب آپ کا دوش ہے۔

میرا دوش؟

میں ـــــ یہ تم ہی ہو، مرد لوگ جو اچھی بھلی عورت کو دیوی بنادیتے ہو۔

ہم بنا دیتے ہیں؟

ہیں ـــــ سواتی نے کہا.... تم لوگ آگ تو لگا سکتے ہو، بجھانا بھی آتا ہے؟ اور پھر بنھ کرشن سے نظریں نچاتے ہوئے کہنے لگی ـــــ میں تمھاری بات نہیں کرتی، مگر یہ بتاؤ، سوراتھ کے بنا کبھی گئے ہو اس کے پاس؟ اس کے پورا ہوجانے کے بعد اس کے ادر پرتھم کے دنوں میں دھڑدھڑ پیدا کیے ہوئے بچّوں کے ساتھ رہے ہو؟

انہی سے چپٹے رہیں تو کام کون کرے؟
کام ! .... سواتی نے کہا اور سر ہلاتی رہی، جس کا مطلب تھا، میں سب جانتی ہوں، تم مردوں کے کام۔ وہ چاہتا ہے، یہ اسے ہر آن میں سمجھے۔ اُٹھتے بیٹھتے سمجھے، عیش کرے، جھک مارے تو.... پھر اندر ہی اندر مزے لیتے ہوئے سواتی بولی — سچ بتاؤ، بندھو ا تمہیں عورت نہیں ملی؟
ملی تھی .... ایک بار
سواتی مسکراتی ہوئی بولی — وہ بھی آپ ایسے کسی کلاکار کے ساتھ رہتی، تو دیوی ہو جاتی۔
سواتی !
دوسری جس کے پاس جاتے ہو، عورت نہیں؟
نہیں۔ وہ پشاچنی تو.... کپڑے بھی اُتار لیتی ہے۔
سواتی ایک دم کھلکھلا کر ہنس پڑی، جیسے کوئی کسی بچے کی بات پر ہنس دے۔ پھر وہ ہنسی کے بیچ ایکا ایکی رُک گئی — عورت کو اتنی بلند آواز سے نہیں ہنسنا چاہیے۔ کھوکھی نے گھوم کر ماں کی طرف دیکھا۔ اسے سب کتنا بُرا لگ رہا تھا۔
تم ہنسیں کیوں؟ — بندھو کرشن نے پوچھا۔
ایسے ہی .... اور پھر ایک دم پیڑھی سے اُٹھتی ہوئی بولی — اب تم دیوتا بننے کی کوشش مت کرو .... اور سواتی کے چہرے پر کوئی شرارت چلی آئی تھی۔
دیوتا کیسے؟

ہیں .... کپڑے اُتارے بنا بھی کوئی پیار کر سکتی ہے؟

اور سواتی وہاں سے بھاگ گئی۔ رسوئی میں جاکر اس نے سل بٹہ نکالا پھر کالی مرچ دھنیا اور دوسرا نمک مسک۔ تھوڑا پانی ملاکر وہ ان سب چیزوں کو پیسنے، ان کا لیپ بنانے لگی۔ وہ بٹہ سل پر اتنے زور زور سے مار رہی تھی کہ بنھ کرشن کو بھی حیرانی ہوئی۔ اب وہ آنکھیں پونچھ رہی تھی.... کالی مرچ تو آنکھوں میں نمی نہیں لاتی ــــ؟

تم ناراض ہوگئیں، سواتی؟ بنھ وا نے پوچھا۔

جواب دینے کی بجائے سواتی نے صرف سر ہلادیا۔

بنھ کہنے لگے ــــ یہ شادی ہی بکواس.... ہاں، مرد اور عورت کے بیچ مصیبت یہی ہے نا کہ بچّہ صرف عورت ہی کے ہو سکتا ہے۔ مرد بچّے اور اس کی ماں کی ذمّے داری نہ لے تو عورت دو کوڑی کی ہو جاتی ہے۔ اُسے اس سے بچانے کے لیے مرد کے سر پہ ڈنڈا رکھا جاتا ہے ــ کبھی دھرم کا، کبھی قانون کا.....

سواتی نے لیپ کٹوری میں ڈالا۔ اس کے کنارے سے دو انگلیاں رگڑیں اور پھر بنھ کرشن کی طرف دیکھا کہ اب اور کیا بکھان کرنے والے ہیں؟ اور انھوں نے کہا بھی ــــ ہر شادی اس بات کا ثبوت ہے کہ مرد ابھی مہذب نہیں ہوا۔

سواتی نے شک کی نظروں سے بنھ وا کی طرف دیکھا، جیسے کوئی دشمن کی چال بھانپنے کی کوشش کرے.... یہ مرد.... جب چاہیں اپنا دوش مان لیں اور جب چاہیں انکار کردیں۔ یہ چھ آٹھ انچ کا غرور ان کا، کاٹ کے پھینک دیں تو رہ ہی کیا جائے ان کے پاس؟

اُدھر بنھ دا کے من کی استیمتی بھی کچھ ایسی ہی تھی۔ اگر قدرت جس نے سُننے کے لیے دھیرے دھیرے کانوں کے چھاج، راڈر بنا دیے ہیں۔ سونگھنے کے لیے یہ لمبی ناک دی ہے، عورت کی مرضی اور اکڑ قائم رکھنا چاہتی تو اس کی جونی میں دانت نہ بنا دیتی؟

بنھ کرشن کے پاس پہنچ کر سواتی نے لیپ ان کے ماتھے پہ لگا دیا، جو ان کو بہت اچھا لگا۔

ہا آ.... ہا آ.... بنھ نے کچھ تسکین پاتے ہوئے کہا۔

پھر ایک لرزہ سا ان کے بدن میں دوڑ گیا اور وہ بولے —— چادر کھینچ دو، اوپر۔

سواتی چادر کھینچنے کے لیے جھکی تو پھر اس کا جوبن سامنے تھا، جسے لنگ ہین آنکھوں سے دیکھتے ہوئے بنھ کرشن نے کہا —— وہ کپڑوں والی بات.... شریر کے کپڑے ہوتے ہیں، سواتی آتما کے نہیں۔

.... اور پھر جیسے ہذیان بک رہے ہوں —— جب تک آتما اپنا سب کچھ اتار کر، پوری طرح سے ننگی ہو کر مانسرودر میں نہا کر اپنے مالک کے پاس نہیں جاتی، سویکار نہیں ہوتی، ہم سب آتمائیں ہیں استھول روپ میں.... میں نے کمبل اتار دیا ہے، چادر بھی ہٹا دیتا ہوں اور کمل بابو کے کپڑے بھی.... اب آؤ سواتی....

کھوکھی کپڑے چھانٹتی ہوئی رُک گئی تھی اور کھلے منہ سے 'اس آدمی' کی باتیں سُن رہی تھی۔ سواتی لپک کر اس کے پاس پہنچی۔ جمپر کو دیکھا اور پھر سے اسے نچوڑنے، کھوکھی کو ڈانٹنے لگی —— یہ مرماں کا دھویا ہے؟ ابھی تک اتنا پانی ہے اس میں....

کھوکھی نے کچھ نہ کہا۔ صرف فریادی نظروں سے دیکھتی رہی۔ گھر ہی تو وہ پاٹھ شالہ ہے، جس میں ہر لڑکی سبق سیکھتی ہے۔ اچھا لگے تو، بُرا لگے تو ..... آگے چل کر جانے زندگی میں کہاں مرنا ہے، کس کے بس پڑنا ہے؟ ..... وہ پسینہ پسینہ ہو رہی تھی اور اس پہ کُھلے دروازے جس سے لُو کے جھونکے آرہے تھے اور انیم چوراستے کا پورا شور، لیکن آگ ہونے کے باوجود، پسینے سے پٹے ہوئے وجود کو وہی لُو ٹھنڈی لگ رہی تھی اور ایک عجیب طرح کی راحت دے رہی تھی۔

جبھی دروازے کے پاس ڈرین پائپ پہنے ہوئے ایک لڑکا دکھائی دیا۔ اس کے بال آج کے فیشن میں ملتھے پہ گرے ہوئے تھے اور ٹی شرٹ میں اس کے بازوؤں کے کمائے ہوئے پٹھے نظر آرہے تھے۔ جن کو وہ شاید کبھی مل کر خرچ کریں گے۔ وہ ہماری مارا ماری کی قسم کا ہیرو دکھائی دے رہا تھا۔ کچھ اوٹ میں ہو کر اس نے کھوکھی کو آنے کا اشارہ کیا۔ کھوکھی نے اِدھر اُدھر دیکھا اور پھر اشارے ہی میں جواب دیا —— آتی ہوں ....

لڑکے کے جاتے ہی کھوکھی نے کہا —— دروازہ بند کر دوں، ماں؟

نہیں ..... سواتی نے اسے ڈانٹتے ہوئے کہا۔ پھر وہ یہ گندے، بیمار کپڑے کاندھے پہ ڈالے، انھیں الگنی پہ لٹکانے، سکھانے چلی گئی۔

چار سوا چار بجے کے قریب کمل بابو چلے آئے۔ جبھی سواتی نے ٹب کا

پانی بالٹی میں ڈال کر باہر پھینکا، جو اُن پہ گرا۔ لیکن ـــ حیرانی کی بات، وہ بھیگے نہیں۔ صرف ان کے منہ سے ایک موٹی سی، پان آلود گالی جھڑتی ہوئی دکھائی دی۔

ایسے موسم میں گھر کا دروازہ کھُلا دیکھ کر کمل بابو حیران ہوئے۔ اندر آئے تو بنھ کرشن کو صاف ستھرے بستر پہ آرام سے لیٹے پاکر اور بھی حیران۔ لیکن پھر کھُلے دروازے اور کھوکھی کو دیکھ کر ان کی تسلّی ہو گئی۔

کھوکھی آتے ہی انھوں نے کہا .... دروازہ بند۔

کھوکھی فوراً حکم کی تعمیل کرنے گئی۔ یہ ماں تھوڑی تھی جس کے سامنے وہ اوں آں کرتی۔

کمل بابو جہاد رائے کی شکل کے آدمی تھے۔ وُہی قد، وُہی کا ٹھر، بات منہ سے نکل کر پھیل جاتی تھی البتہ اس کی وجہ، ان کے برے دانت تھے اور پان، جو وہ کثرت سے کھاتے تھے۔ بنھ کرشن کو وہ بڑے تپاک سے ملے۔ خاص طور پر جب کہ انھیں پتہ چلا کہ بنھ دا کو باری کا بخار آتا ہے اور وہ ٹھیک سے اٹھ بھی نہیں سکتے۔

سواتی جو کمل بابو کے پیچھے، دروازے کی طرف سے آئی تھی، بولی۔ کیا پئیں گے؟ کھائیں گے کچھ؟ .... کہیں تو نیبو پانی بنادوں؟ .... ہئی، کتنی گرمی ہے۔ دھنیہ ہیں مرد لوگ جو باہر اتنی گرمی اور لُو میں کام کرتے ہیں اور ہم یہاں گھر میں بیٹھی رہتی ہیں مزے سے۔ ایک ٹھوچائے؟ ـــ

کمل بابو نے ڈانٹ دیا .... تھوڑا دم تو لینے دو کہ آتے ہی پیچھے پڑ جاتی ہو۔

اس پہ سواتی پاس کھڑی انھیں پنکھا کرتی رہی، حالانکہ وہ چھت پہ

پوری رفتار سے چل رہا تھا۔ اور پھر جب اپنی ساری کے پلّو سے سواتی نے ان کی گردن پر سے پسینہ پونچھنا چاہا تو انھوں نے اسے پرے دھکیل دیا— سواتی ذرا بھی شرمندہ نہ ہوئی۔ یہی بات اگر بندا ایسا آدمی کرتا تو وہ کنوئیں میں چھلانگ لگا دیتی۔

وہ صرف اندر چلی گئی۔

کمل بابو نے اٹھ کر کونے میں پان کی پیک پھینکی اور کرتا اتارتے ہوئے بندھو کرشن کے پاس لوٹ آئے...... بیٹھے تو صحت مبارک کی آواز سے پوری باڑی گونج اٹھی، جس کے بعد وہ بے جھجک بولے — سناؤ بندا، آج ڈُدر کے گھر کیسے چلے آئے بھگوان؟

بیچ میں کھوکھی آ گئی — باپی، میرے لیے سوندیس لائے؟

ارے جا سوندیس کی بچی.... کمل بابو نے اسے ڈانٹتے ہوئے کہا— میرا نیا ٹرک فیل ہو گیا ہے اور تجھے سوندیس کی پڑی ہے۔

کھوکھی رونے، ماں کی چھانیاں ڈھونڈنے کے لیے اندر چلی گئی۔ بندا کی مجبوری جان کر کمل بابو بہتیرے خوش ہوئے اور ان کے لیے جان بھی حاضر کرنے کے لیے تیار ہو گئے۔ بیچ میں اُڑیا کی رادھا اِدھر اُدھر جھانکتی ہوئی چلی آئی۔ آج سب کچھ گویا اتفاق ہی سے ہو رہا تھا... اتفاق ہی سے اس کے گھر میں نمک ختم ہو گیا تھا۔ کمل بابو کو دیکھ کر اس کی تسلّی ہو گئی۔ وہ مردوں کو وہاں پا کر وہ ٹھٹک جانا چاہتی تھی۔ اس کے اندر بھی نا سفورس اور مچھلیاں تڑپ رہی تھیں، لیکن کمل بابو نے اسے ہنکال دیا، یہ کہہ کر— یہاں تیرے مطلب کا کچھ نہیں، رادھی.... مزے کی بات کہ اُڑیا کی رادھا کو بھی کمل بابو کا یہ فقرہ برا نہ لگا۔ جان بوجھ کر اپنی چال بگاڑتی، پیچھے کی طرف

دیکھتی ہوئی وہ چلی گئی۔ پھر پرویز ٹرک کے ٹھیک اور 'نو برنو' ہونے کی خبر دینے چلا آیا۔

میری چیز لایا؟ — کمل بابو نے پرویز سے پوچھا۔

پرویز نے سر ہلا دیا اور جیب کے اندر سے ایک ننھی ڈبیا نکال کر کمل بابو کو دے دی، جو انھوں نے کھدر کی گنجی کے اندر چھوٹی سی پاکٹ میں رکھ لی۔

اچھا' تم جاؤ — کمل بابو نے پرویز کو ٹالتے ہوئے کہا..... ہاں دلّال قسم کے لوگوں کے ساتھ ایسا ہی کرنا چاہیے۔ ایک بار راستہ سیدھا ہوگیا تو پھر تو کون' میں کون!

اور پھر وہ بنھ دا سے میٹھی میٹھی' پیاری پیاری باتیں کرنے لگے۔ رقیبوں میں دوستی ہوگئی تھی، کوئی مذاق تھوڑے تھا! بیچ بیچ میں کمل بابو کے منہ سے پان کی پھوہار بنھ کرشن پہ پڑتی تھی۔ وہ انھیں بری نہیں لگ رہی تھی اور یا پھر مجبوری تھی محض...... یہ بات بھی تو درست تھی کہ بنھ کرشن بڑے کام کے آدمی تھے۔ حکومت کے منسٹر و منسٹر سب انھیں جانتے تھے اور ان کی بہت عزّت کرتے تھے۔ یہ تو کمل بابو کی خوش قسمتی تھی کہ آج وہ ان کے ہاں پدھارے۔

بنھ دا کی بیماری کے سلسلے میں کمل نے بیسیوں ہی نسخے گنوائے' لیکن بخار کی اصل وجہ گرمی بتائی۔ پھر آنکھ مار کر بولے — جب تک اسے نکالیں گے نہیں' بنھ دا' آپ ٹھیک نہیں ہوں گے۔

بنھ کرشن نے ایک روکھے پھیکے انداز سے مسکرا دیا۔

آپ اشارہ تو کیجیے..... کمل کہتے رہے۔

بنھ کو زیادہ متوجہ نہ پاکر کمل بابو سندھیا کی باتیں کرنے لگے' جو ان کے

کھیل 'لوک بانی' میں کام کرتی تھی۔

اس کی تو بات ہی نہ کرو، کمل بابو.... نھ کرشن نے کہا ــــ وہ کُتیا ہے۔

کمل نے قسطوں میں ہنستے ہوئے کہا ــــ کون عورت کُتیا نہیں ہوتی؟

کرشن کانپ گئے۔ لیکن سواتی کہیں دور اندر تھی۔

کمل بابو جاری رہے ــــ کبھی کتیا کو عورت کہہ کے دیکھو۔ پچھاڑ کھائے، ٹانگیں چیر دے آدمی کی....

اور پھر بولے۔ میں اسے ملوں گا، نھوا! کیا لڑکی ہے۔ تمھارے کھیل میں جب وہ 'میگھ دوت' کی نائیکہ بنتی ہے تو صاف پتہ چلتا ہے، اُسے ماہواری آرہی ہے ... ایک ٹھوپان لیں گے؟

نہیں۔

.... کتنی ایکسائٹنگ معلوم ہوتی ہے، جب وہ دونوں پاؤں ایک دوسرے سے تھوڑا فاصلے پہ رکھتی ہے۔ باپ رے باپ..... اور پھر نھ کرشن کے کان کے پاس اپنا منہ لے جاتے ہوئے کہنے لگے ــــ ایک بات بتاؤں، نھوا؟

نھ کرشن نے شکل ایسی بنائی، جس کا مطلب تھا ــــ اب بتاؤ؟

کمل نے دائیں بائیں دیکھا اور پھر کرسی سرکاتے ہوئے اور بھی قریب آگئے، اور بولے..... میں تو جب سواتی سے لَو میکنگ کرتا ہوں، تو میرے بچارمیں سندھیا ہی ہوتی ہے.... اور پھر وہی قسط وار ہنسی!

نھ کرشن نے کمل بابو کی طرف دیکھا اور پھر سامنے کھونٹی کی طرف، جہاں ہائیڈروسیل کی دوسری تھیلی سوکھ رہی تھی۔ انھیں گھن سی آئی اور منہ پھیرتے ہوئے وہ تکیے کے سہارے پیچھے کی طرف لیٹ گئے۔ جبھی کمل بابو نے پانی مانگا

اور جیب سے ڈبیا نکالی۔ جب کھوکھی پانی لائی تو کمل بابو ایک گولی نکال کر پانی کے ساتھ نگل گئے۔

جب پانچ بجنے میں دس منٹ رہ گئے تو بتھ کرشن نے ایکا ایکی اٹھ کر اپنا ہاتھ کمل بابو کی طرف بڑھایا اور بولے ـــ دیکھو کمل بابو مجھے جور ہے؟

کمل نے کسی بہت بڑے وید حکیم کی طرح سے نبض پہ ہاتھ رکھا۔ یہی نہیں بایاں ہاتھ باقاعدہ اپنے کولھے پہ رکھ کر تھوڑا جھکے، کان نبض کے ساتھ لگایا اور کہنے لگے ـــ نہیں تو؟

سواتی اندر سے لپکی آئی اور بتھ دا کا ہاتھ چھوتے ہوئے بولی ـــ نہیں تو، کبھار آپ کے دشمنوں کو ہو.... پھر اس نے بلا جھجک اپنا ہاتھ بتھ کرشن کے پنڈے پہ دوڑنے دیا۔ ہاں، اب کیا تھا؟ ـــ اس کے اپنے پتی کمل بابو پاس بیٹھے تھے اور یوں پوری رہائی تھی۔ سواتی کا ہاتھ بدن پہ آتے ہی بتھ کرشن پہ سکتہ طاری ہو گیا۔

وہ آیا ہوگا ـــ انھوں نے کہا

کون؟..... سواتی اور کمل بابو نے ایک ساتھ پوچھا۔ کھوکھی ان دونوں کے بیچ میں سے اپنے چچا یا تاؤ کو دیکھ رہی تھی۔

باری کا بخار۔

کہاں؟ ـــ سواتی بولی

امار باڑی ـــ اشتوس باڑی۔

اور پھر سامنے دیکھتے ہوئے بتھ کرشن کہنے لگے۔ اب وہ گھر کے سامنے کھڑا ہوگا ـــ اب دروازہ کھٹکھٹا رہا ہوگا۔ مگر دروازوں کا کیا ہے؛ وہ تو سوکھم ہے، دیواروں میں سے بھی اندر جا سکتا ہے۔

سواتی نے ہاتھ کھینچ کر اپنی دھڑکتی ہوئی چھاتی پہ رکھ لیا اور منہ کھول کر بنھ کرشن کی طرف دیکھنے لگی۔

اب اس نے اندر جھانکا ہوگا۔۔۔۔ میرا بستر خالی پایا ہوگا، کہاں گیا میرا تسکار؟ اب میں کیا کروں؟ کسے ڈھونڈوں؟

پھر بستر سے اُٹھ کر دنیتی کی طرف دیکھتے ہوئے بولے —— اسے ہر روز ایک پائینٹ خون کی ضرورت ہوتی ہے۔ میرے خون کا گروپ آر، ایکس ہے، جو بہت کم ملتا ہے، اور اس کے خون کا بھی۔ جبھی وہ میری جان نکالتا، مجھے ہی نچوڑتا ہے۔۔۔ لیکن آج۔۔۔۔

—— آج وہ بھوکا پیاسا ہی رہے گا۔ میں یہاں چلا آیا ہوں نا —— تمھارے ہاں۔ اسے کیا معلوم، کدھر بھاگ گیا میں؟ نہیں نہیں، اس نے تو سدھی پراپت کر رکھی ہے۔ آنکھیں بند کرے گا تو جان لے گا۔۔۔۔ دروازہ بند ہے نا؟

کمل بابو ہنسی کے بیچ رُک گئے۔ سواتی نے کچھ اور بھی دم سادھ لیا —— ادماگو! یہ تو پاگل ہو گئے۔۔۔۔ جبھی بنھ کرشن نے ہاتھ بڑھا کر سواتی کا ہاتھ اپنے ہاتھوں میں لے لیا اور اسے اپنے سینے پہ رکھ لیا۔ سواتی نے کمل بابو کی طرف دیکھا، جنھوں نے اشارے سے کہا — پڑا رہنے دو، ہاتھ کا کیا ہے؟

وُہ آ رہا ہے —— بنھ کرشن ایک دم ہنکارے۔۔۔۔ وہ آ رہا ہے، ادھر ہی آ رہا ہے۔

تمھیں کیسے معلوم ہے، دادا؟ کمل بابو نے پوچھا۔

مجھے؟۔۔۔۔ بنھ نے ابھی سے ہانپتے ہوئے کہا —— کو بھی ایک طرح کی سدھی مل جاتی ہے۔ مجھے وہ دکھائی دے رہا ہے۔ وہ دیکھو۔۔۔۔

بالی گنج سے آنے والی بڑی سڑک پہ وہ .... وہ افیم چورستے پہ پہنچ گیا .... اب اس گلی کی طرف مڑا ہے۔

جبھی دروازے پہ دستک آئی

سب نے اسے کانوں کا دھوکا سمجھا۔ دوبارہ دستک آنے پہ سواتی نے کھوکھی کو دروازہ کھولنے کا اشارہ کیا۔

مت کھولو —— بنھ دا چلائے

لیکن جب تک کھوکھی دروازہ کھولنے اور پھر سے بند کرنے کے جتن میں تھی۔ مگر آنے والا دروازہ دھکیل کر اندر چلا آیا——

—— وہ مادہبی تھی۔

مادہبی ایک سفید، بے داغ ساری میں ملبوس تھی۔ معلوم ہوتا تھا وہ بیماری کی حد تک صفائی سے محبت کرتی تھی۔ جیسے کہیں سے گندے پانی کا چھینٹا بھی پڑ گیا تو وہ حاملہ ہو جائے گی۔ اس کے چہرے پہ ایک تیج تھا، جو اندر کے غصے کی وجہ سے اور بھی بڑھ گیا تھا۔ وہ خوب صورت تھی اور دیوی لگ رہی تھی۔ اسے دیکھتے ہی سواتی نے اپنا ہاتھ کھینچ لیا۔ لیکن دیوی کی نظروں سے کچھ نہ بچ سکتا تھا۔ اس نے دیکھا، سواتی کا پتی پاس کھڑا ہے اور کھوکھی بھی ہے۔ اس کی بھی تسلی ہوگئی۔ مگر ایکا ایکی کوئی پرچھائیں سی اس کے چہرے پر سے گزری۔ کیا یہ ہو سکتا ہے؟.... اس شہر میں جو بھی ہو جائے، ٹھیک ہے، پورب اور پچھم نہیں ملتے ہیں نا۔

مادہبی نے کسی کو نمسکار کی نہ پرنام۔ اس نے تو کھوکھی کے سر پہ بھی پیار سے ہاتھ نہ پھیرا۔ وہ سیدھے بنھ کرشن کے پاس آئی اور بولی——

یہاں کیا کر رہے ہو!

کچھ نہیں ــــ بنھ کرشن نے جواب دیا۔

کہاں بنھ کرشن ہذیان بک رہے تھے اور کہاں اب انھیں چُپ سی لگ گئی۔ جواب دیتے بھی تو یوں جیسے مشین میں دس پیسے ڈالے اور کھٹ سے ٹکٹ باہر۔ ان کے ماتھے کی سب ریکھائیں سیدھی ہوگئیں اور وہ منتر مگدھ مادھبی کی طرف دیکھے جا رہے تھے۔ کہیں ایسا تو نہ تھا کہ وہ دور، اندر سے اس عورت کی قناعت، عفت اور پاکیزگی سے محبت کرتے تھے؟

کچھ دیر ایسے ہی دیکھتے رہنے کے بعد بنھ بولے ــــ اکیلا تھا، چلا آیا۔ پہلے میں اکیلا رہ لیتا تھا، اب پتہ نہیں کیا ہوگیا ہے۔ اندر سے کوئی ہول اٹھنے لگتا ہے اور میں اپنے آپ کے ساتھ کیا کرنے لگتا ہوں..... شاید بوڑھا ہوگیا ہوں.....

پھر اپنے سامنے برت کے تودے کو دیکھتے ہوئے بنھ کرشن نے پوچھا ــــ تمھیں کیسے پتہ چلا، میں یہاں ہوں؟

میں سب جانتی ہوں ــــ مادھبی نفرت سے بولی ــــ کیا تم سوتے، بڑبڑاتے نہیں؟ آخر کچھ اور بھی کبیدہ ہوکر کہنے لگی ــــ تم جانتے ہی تھے، آج میری سالگرہ ہے۔ بچے بھی پہاڑ پر سے لوٹنے والے ہیں۔ اس پہ بھی تم چلے آئے یہاں، دوسرے کے ہاں ــــ؟

یہ دوسرا گھر نہیں ہے، بھودی... کمل بابو نے کہا۔

مادھبی کمل کی آنکھوں میں آنکھیں ڈال کر بولی ــــ دوسرا نہیں، سو واں، ہزارواں ہے شاید.... یہ رہ ہی نہیں سکتے نا۔

جبھی بنھ کرشن کو دیکھ کر مادھبی کے دل میں کوئی شک پیدا ہوا اور اس نے پوچھا ــــ تم نے پی ہے؟

نہیں.... ہاں....

خوب سگریٹ اُڑائے ہوں گے؟

.بنھ کرشن نے سواتی کی طرف دیکھا' جو بولی —— نہیں، بہودی!

.یہاں آئے ہیں، جب سے تو نہیں۔

چلو اپنے گھر — مادہبی نے تحکمانہ انداز سے کہا.

گھر؟.... بنھ کرشن نے کچھ بھرائی ہوئی آواز میں کہا —— وہ تو مندر ہے!

آخر، سواتی کی طرف دیکھتے ہوئے، کمل بابو کے سہارے .بنھ کرشن بستر سے اُٹھے، کہتے ہوئے — پانچ بج گئے، میں نے کہا نہیں تھا؟ میں کپڑے بھجوا دوں گا. جو دینے آئے گا' اس کے ہاتھ میرے بھیج دینا۔

سواتی اندر سے .بنھ کرشن کو کمبل لوٹانے کے لیے لے آئی. اس نے ساری کا پلّو منہ میں ٹھونس رکھا تھا' جب کہ بنھ دا نے کہا —— میں جا رہا ہوں' سواتی!

سواتی انھیں جاتے دیکھتی رہی۔ جبھی کھلے دروازے میں سے لو کا ایک تیز سا جھونکا آیا، جس نے سب کی روح تک کو جھلس کے رکھ دیا۔ بنھ کرشن مادہبی کے ساتھ نکلے تو پیچھے کھوکھی بھی چلی گئی —— پوکھر کے پاس اپنا داؤ روٹھ کھیلنے.....

سونفیا

سونفیے کی خوشبو گاڑھی دھند کی طرح چاروں طرف پھیلی ہوئی تھی۔ آم کے اس قسم کے بیسیوں پیڑ تھے جو گوریہ ساد نام کے اس بنگلے میں لگے ہوئے تھے۔ کتا گھاس اور ڈاھلیا وغیرہ سے تو کیا ہوتا، موگرے اور گارڈینیا کی خوشبو بھی سونفیے نے دبا دی تھی، ایسے ہی جیسے لیلا مانک کی جوانی نے مندر کے بھجنوں کی قدر گھٹا دی تھی۔

یہ آم کی اس تیز تر خوشبو ہی کی وجہ سے تھا کہ مکندی نے اچھی بھلی بھگوان کی اس لیلا کا نام سونفیا رکھ دیا تھا، ورنہ یہ کیسے ممکن تھا کہ کوئی ماں کا بیٹا بنگلے سے فرلانگ بھر ادھر ہی (اپنی) چھاتی پر ہاتھ رکھ کر کہہ دے کہ سونفیا اس وقت گھر ہی پہ ہے۔ جن مردوں کی ناک کے بالوں میں عورت کی بو سے کھجلی نہیں ہوتی وہ تو قرائن ہی سے کہتے تھے — مثلاً یہ کہ سونفیا کا ریلے سائیکل برآمدے میں اپنے اسٹینڈ پر کھڑا ہے اور اس کا پچھلا پہیہ بدھ لوگوں کے تقدیر کے چکر کی طرح اپنے آپ

ہی دھرے پہ گھومتا جارہا ہے، اس کے ٹیلی ننکن میں کہیں کرناٹکی سنگیت کا بکرا ذبح ہو رہا ہے اور یا پھر اُتر پچھم کی طرف اس کے کمرے کی خس تھوڑی اٹھی ہوئی ہے، البتہ بلائینڈ کھنچے ہوئے....

شام کے پانچ بجے تھے۔ لو ابھی تک زوروں پر تھی۔ پرماتما تو جیسے اپنا کرم دھرم ہی بھول گیا تھا اور انس کے بدن پر سے کھال کھینچ کر نرمتا سے اسے کسی نمک کی کان میں دھکیل رہا تھا۔ ان گنت باریک باریک سے اگنی بان تھے جو بدن کے پور پور میں دھنسے جارہے تھے۔ وہ دراصل ریت کے چھوٹے چھوٹے ذرّے تھے جو لو کے ساتھ دریا کی طرف سے اُڑ اُڑ آتے تھے اور جسم میں پیوست ہو جاتے تھے۔ گری لال، مکندی کے دوست' نے کہا بھی تھا کہ لو ختم جائے گی تو چلیں گے، لیکن مکندی ڈرتا تھا کہ لو کے تھمتے ہی سونفیا دریا کی طرف نکل جائے گی، جہاں ایسے بھبھاکا سے موسم میں پھر تھوڑی تسکین کی ہوا چلتی ہے۔ دریا کا جوبن ماتا حصہ چھوڑ کر، اس جگہ پہ جہاں پانی چھوٹے چھوٹے پوکھروں اور نالیوں میں بٹ جاتا ہے، انسان اور حیوان ایک ساتھ بیٹھے ہوتے ہیں۔ کتے اپنے عضو، اپنے خصیے اور پیٹ پانی میں ڈبو کر، بڑی بڑی زبانیں باہر نکالے ہانپ رہے ہوتے ہیں اور ان میں سے پسینے کے بڑے بڑے قطرے باہر ٹپکتے ہیں۔ لوگ باڑ سے بچے ہوئے تربوز ریت میں سے نکلوا کر لاتے ہیں اور کسی جبر کے عالم میں خالی ہاتھوں ہی سے انھیں پھاڑ کر بڑے بڑے کھپڑ بناتے ہوئے اپنے منہ اس میں گاڑ دیتے ہیں۔ کچھ دور سے دیکھنے پہ پتہ ہی نہیں چلتا کہ تربوز کہاں ختم ہوتا ہے اور ان کا منہ کہاں سے شروع؟ پہلے یوں لگتا ہے جیسے وہ تربوز کھا رہے ہیں، پھر تربوز انھیں کھاتا ہوا معلوم ہوتا ہے۔ گودا، بیج، منہ، سب بے تحاشا بکھرے

ہوئے نیچے بالوں میں دھنستے ہوئے نظر آتے ہیں۔ البتہ جن لوگوں میں صبر ہوتا ہے وہ تربوز کو ایسے ہی سر کے نیچے رکھ کر ٹھنڈی میٹھی ریت پہ لیٹ جاتے ہیں اور اپنے نفسانی ہاتھ اس کے گولائیوں پر پھیرنے لگتے ہیں حتیٰ کہ ان کے ہاتھوں کی حدت سے تربوز بھی جل اٹھتا ہے، پھر وہ نہیں جانتے کہ اسے کھائیں یا پھینک دیں۔ کچھ جذباتی نا کتخدا ایسے ہی جیب میں ہاتھ ڈال کر لیموں کو ملتے جاتے ہیں جو کہ لو کا پورا حملہ خود پر لے کر پہلے تو لال ہو اٹھتا ہے لیکن آخر میں کالا پڑ جاتا ہے۔

لو سے بچنے کا ایک ڈھنگ یہ بھی ہوتا ہے البتہ، ایک یہ بھی رسائین کہ آدمی چلتا ہوا خواہ مخواہ سردی محسوس کرنے لگے۔ اور اگر سوچ بچار کی اتنی رسائی نہ ہو تو لو کے تیروں اور دانتوں کو کند اور بے اثر کرنے کے لیے ایسے ہی ہمک ہمک کر، اچھل اچھل کر گانے لگے:

لل لو، لل لو، لل لو، لل لو.....

— پھر لو کا کہیں نام و نشان نہیں رہتا، اور نہ انسان کا، کیونکہ جب تک لو لیگ مایا ہو چکی ہوتی ہے اور بے چارہ انسان یوگی!

گور پرساد کی باڑیں اور بیلیں سب جھلس چکی تھیں، کہیں نام کے لیے اوپر کوئی پتا ہرا رہ گیا تھا۔ اس دبی ہوئی، نامحسوس مسکراہٹ کی طرح جو دل میں کسی شرارت سے اپنے آپ ہونٹوں پہ چلی آتی ہے۔ گری لال تو پھاٹک کے باہر ہی رک گیا اور کہنے لگا: "نا بھیا، میں تو نہ جاتا، اندر"

"کیوں یار؟" مکندی نے پوچھا، "کیا مصیبت ہے؟"

گری نے پھاٹک کی طرف اشارہ کیا جو یوں تو ہرے رنگ سے پینٹ کیا گیا تھا لیکن اس پہ سفیدے سے پتی ہوئی ایک تختی لگی تھی جس پہ کالے حرفوں میں لکھا تھا: کتے سے بچو!

مکندی گری لال کو کیسے بتاتا کہ کتا دراصل جانور نہیں ہوتا وہ صرف ایک احساس ہوتا ہے جو کثیف ہو کر چار ٹانگوں، ایک دم اور بڑے بڑے جبڑوں کو پھیلائے ہوئے بھونکتا چلا آتا ہے۔ ایسی بات نہیں، بیچ میں کہیں بدن بھی ہوتا ہے اس کا جسے وہ اپنے اندر کی وافر صحت سے اجنبی پہ یوں پھینک دیتا ہے جیسے غلیل مٹی کے ڈھیلے کو۔ ایک پل کے لیے مکندی کو اپنا آپ جاہل، بے معنی اور بے وقوف لگا — اور کتا۔ لیکن آخر سمجھ چلی آئی جو کہ نزع میں بھی بے اختیار اور مجبور ہو کر چلی آتی ہے اور سونفیے کی زندہ خوشبو سے گڈمڈ ہو جاتی ہے۔ سمبل کے نرم نرم، سفید سفید، گداز گداز پری کہانی کی طرح گولے پھاٹک کے آہنی کلیمپ میں پھنسے ہوئے تھے۔ مکندی نے ایک ہاتھ سے کلیمپ کو اٹھایا اور دوسرے سے پھاٹک کھولتے ہوئے کہنے لگا: "تم آؤ تو۔۔۔!"

گری لال وہیں رکا ایک ڈرے ہوئے بچے کی طرح انکار میں سر ہلاتا رہا۔

مکندی نے گری کے گرد ہاتھ ڈالا اور کہنے لگا: "کاٹے گا تو میرا ذمہ، تمھارے کیا دانت نہیں ہیں!" اور پھر وہ ہنس دیا۔

گری لال کو اب تک یقین نہ تھا۔ پچھلی بار جب دت کے مونگرل نے اسے کاٹا تھا تو پورے چودہ ٹیکے لگوانے پڑے تھے۔ نہ صرف پچھا سوج گیا تھا بلکہ ٹانگ میں بھی ایک طرح کا لنگ سا پیدا ہو گیا تھا جو کسی علاج سے نہ

جارہا تھا اور جس کے کارن گرہی کی طبیعت ہمیشہ گری گری سی رہتی تھی۔ اس پہ طرفہ یہ کہ موتی دت کا مونگرل، اس کا دوست ہوگیا تھا۔ موتی کا رنگ کالا تھا اس لیے صبح کے وقت جب گرہی لال ہواخوری کے لیے نکلتا اور موتی اس کے پیچھے پیچھے چلنا شروع کر دیتا تو ایسے معلوم ہوتا جیسے وہ یدھشٹر ہے اور موتی وہ کالا کتا جو یدھشٹر کے ساتھ ہمالہ کی بلندیوں پہ چلا گیا تھا جہاں وہ اور اس کا مالک دونوں برفوں میں گل کر مر گئے تھے۔ مکندی کے مجبور کرنے پہ گرہی بنگلے کے اندر چلا گیا لیکن اس انداز میں کہ اگر ضرورت پڑے تو بھاگ بھی سکے۔ پھر وہ حیران بھی ہو رہا تھا کہ مکندی اپنی لڑکی سے ملنے آیا ہے تو ساتھ اسے کیوں لے آیا ہے؟ شاید مکندی کے اندر بھی کوئی کتا تھا جس سے وہ ڈر رہا تھا اور جس سے بچنے کے لیے اسے کسی بھی دوسرے آدمی کے ساتھ کی ضرورت تھی۔ ہاں، انسان کو انسان کی ضرورت تو ہے ہی، ورنہ سب مردے اپنے آپ اٹھ کر اپنی اپنی قبر میں لیٹیں...... خود کو وافر لگنے کے باوجود ایک تحیر گرہی لال کو اندر لیے جارہا تھا۔ اس کی آنکھیں کسی سرریلسٹ تصویر میں کے مرد کی آنکھوں کی طرح پپوٹوں سے دو دو انچ باہر نکلی ہوئی تھیں اور ان پہ ہیٹ بنا ہوا تھا۔ وہ سونفیا کو دیکھنا، نظروں سے اسے ٹوہنا اور اس کے ساتھ لیٹنا چاہتا تھا۔ سونفیا — جس کے بارے میں مشہور تھا کہ وہ ہرگز ہرگز خوبصورت نہیں ہے لیکن اس قدر متناسب اعضا اور بھرپور صحت والی ہے کہ.... (یہاں سے تحریر کا عجز شروع ہوجاتا ہے!)

جن لوگوں نے گورے رنگ پہ جان دی ہو جانتے ہیں کہ اس میں آپ

کچّے گوشت کے احساس سے نہیں بچ سکتے، لیکن سونفیا کا سا کالا نہ گورا رنگ ہمیشہ تندرستی کا نہ صرف لیا لیب بلکہ چھلکتا ہوا جام ہوتا ہے جو مرد کے گوگاں کو دور افتادہ جنوب مشرقی جزائر میں لے جاتا اور وہاں پوری زندگی گزارنے پہ مجبور کر دیتا ہے۔ سونفیا کے ملایم اور چکنے بدن کی تعریف گری لال نے کان پور میں سُنی تھی جہاں کے چمڑہ رنگنے والے اچھی طرح سے جانتے ہیں کہ سب سے اچھی جلد کون سی ہوتی ہے۔ پھر لڑکی کو کنواری چاہنے کے باوجود قریبی سے قریبی دوست بھی خوبصورت عورت کے سلسلے میں اپنے آپ کو بدل کے طور پر رکھتے ہیں۔ وہ دیور کہلاتے اور بھابی کہتے ہیں اور جو بھی تھوڑی بہت لذت ہاتھ آئے لے کر چل دیتے ہیں' اور اب تو سونفیے کی خوشبو اور بھی تیز اور بوجھل ہو گئی تھی۔ بنگلے کا واحد سمبل ہوا اور لو کے جھونکوں کے ساتھ اپنا رواں چاروں طرف بکھیر رہا تھا۔ معلوم ہوتا تھا۔ خوشبو چھوٹے چھوٹے خواب بن کر چاروں طرف بکھر رہی ہے یا وہ کوئی کنفیٹی ہے جو عشق کو خوش آمدید کہنے کے لیے اوپر کے کسی حکم سے مکندی پہ گرائی جا رہی ہے، لیکن پھر—— لو؟

عشق سے بڑی لو اور کون سی ہوتی ہے؟ دونوں دوست، مکندی اور گری لال، اس راستے پہ چلنے لگے جو دو طرفہ ہو کر، بیچ کے سوکھے سڑے باغیچے اور خشک فوارے کو لپیٹ میں لے کر، سامنے کے پورچ میں مل جاتا تھا اور جس پہ لال لال راجستھانی بجری بڑی جوتوں کے منہ میں کچر پچر کر رہی تھی۔ آخر وہی ہوا۔ مکندی اور گری کی بو پاتے ہی جبرو، سونفیا کا گریٹ ڈین، منہ پھاڑے ہوئے ان کی طرف لپکا۔ کتے کی آواز

کتے ہی کی سی ہوتی ہے لیکن جبرو کی کچھ شیر کی سی تھی۔ چونکہ کتے اور شیر میں کراس ہو ہی نہیں سکتا اس لیے جبرو آخر کار کتا ہی تھا۔ وہ دس برس اور بھی جیتا رہتا تو کتا ہی رہتا، پلے ہی پیدا کرتا لیکن اس کے باوجود اسے یوں خونخوار طریقے سے لپکتے دیکھ کر مکندی اور گری لال دہیں تھم گئے۔ گری تو مکندی کے پیچھے چھپ گیا اور منہ میں استوتر پڑھنے لگا لیکن مکندی ویسے ہی نڈر کھڑا تھا، البتہ ہاتھ اس کے بھی عملے کی جھنڈی میں اُلجھے ہوئے تھے اور وہ پکار رہا تھا: جبرو، جبرو، جبرو....

جو لوگ کتے کی نفسیات سے واقف ہیں جانتے ہیں کہ آپ تھم جائیں تو کتا بھی تھم جاتا ہے اور مشکوک انداز سے دیکھتا ہوا کچھ دور کھڑا ہو جاتا ہے۔ وہ کبھی تو ایک ٹک نووارد کی طرف دیکھتا ہے اور کبھی پیچھے کی طرف منہ کرکے مالکوں کو کچھ کہتا ہوا معلوم دیتا ہے۔ بیچ میں وہ اگلے پنجوں کے بل نیچا ہو ہو کے زمین کھدیرتا، چھوٹی سی جست لیتا، آگے بڑھتا، پیچھے ہٹتا، سر کو چھوٹے بڑے جھٹکے دیتا ہوا مسلسل بھونکتا چلا جاتا ہے۔ معلوم ہوتا ہے کہہ رہا ہے: آ بیٹا، ماں کا دودھ پیا ہے تو آ مقابلے پہ۔ وہ شہ دیتا ہے اور مات کھاتا ہے، لیکن یہ سب برابر والے کی اینڈوکرین گلٹی پہ نربھر ہے۔ اگر اس کی گلٹی جلدی جلدی اور تیز تیز ڈر کے لعاب کو خارج کرنے لگے تو کتا جس کی سونگھنے کی قوت بے پناہ ہوتی ہے، پہلے معاملے کی تہہ پہ پہنچ جاتا ہے اور آخر آدمی کی تہہ پہ۔

مکندی بالکل نہ ڈرا۔ اس نے ایک نظر اپنے اور پھر گری کے کپڑوں کی طرف دیکھا۔ وہ کسی چپراسی، بھنگی یا بھک منگے کے تو نہ تھے جن سے کتوں کو خدا واسطے کا بیر ہوتا ہے۔ کیسے! خود چاہے سارا دن کیچڑ اور

گندگی میں کودتا پھاندتا پھرے لیکن سامنے والے کو برابر صاف اور ستھرا دیکھنا چاہتا ہے جو کہ بد معاشی اور زنا انصافی کی انتہا ہے۔ مکندی بدستور — جبرو، جبرو — پکارتا ہوا آگے بڑھا۔ جبرو نے کچھ رک کر ایک غیر یقینی انداز سے بھونکا، پھر پاس آیا اور مکندی کو سونگھا، پیچھے کی طرف دیکھ کر بھونکا۔ یہی عمل اس نے گری کے پاس پہنچ کر دہرایا۔ قریب ہی تھا کہ گری اُلٹے پاؤں بھاگ نکلے لیکن مکندی نے مضبوطی کے ساتھ اسے ایک ہاتھ سے پکڑ لیا اور بولا: "سونگھ لینے دے، ایک بار اسے سونگھ لینے دے، گری!" ہو سکتا ہے گری کی پتلون کو سونگھنے پہ جبرو کو کچھ دھندلی دھندلی شکلیں نظر آئی ہوں۔ پھر اس نے منہ اٹھا کر گری کی طرف دیکھا۔ کیا یہ وہی ہے؟ بیچ میں مکندی آ گیا۔ اب جبرو دُم ہلا رہا تھا اور اِدھر اُدھر پھر کر ایک عجیب طرح کی بے بس اور گٹرل آوازیں نکال رہا تھا، جیسے اس کی سمجھ میں کچھ نہ آ رہا ہو۔ پھر وہ بھاگتا ہوا لکڑی کے کھمبے کے پاس پہنچ گیا جس کے اوپر رات کو روشنی کے لیے بتی لگی تھی۔ جب ہی اس نے ٹانگ اُٹھائی اور دنیا بھر کے کتوں کی طرح اپنے تناؤ کی تسکین کر لی۔

سامنے، برآمدے میں، سونفیا کی خادمہ جامن کھڑی تھی۔ اسے دیکھتے ہی مکندی آگ بگولا ہو اٹھا: "باندھ کے کیوں نہیں رکھتیں اس باپ کو؟"

جامن ہریانے کے علاقے کی ایک نوخیز لڑکی تھی۔ اس کا بدن گٹھا ہوا تھا اور رنگ سیاہی مائل۔ سونفیا نے اسے شاید اپنا رنگ، اپنا بدن آف سیٹ کرنے کے لیے رکھا ہوا تھا اور مالش میں اپنی گرمی اس تک منتقل کرنے کے سلسلے میں اسے ٹھنڈائی سردائی وغیرہ پلاتی رہتی تھی۔

مکندی کی بات کے جواب میں جامن شرمادی۔ بھلا شرمانے کی کیا بات تھی اس میں؟ لیکن وہ بے چاری عمر کے اس حصے میں تھی جس میں لڑکی کو کچھ بھی کہیں تو وہ شرما جاتی ہے۔ آپ اسے مونگ کی کہیں تو وہ موٹھ کی سمجھ لیتی ہے اور پھر شرما جاتی ہے۔ آپ پوچھیں: "تم شرمائیں کس بات سے؟" تو اس کے جواب میں بھی وہ شرما جاتی ہے۔

جامن نے برآمدے میں بید کی دو کرسیاں مہمانوں کے لیے سرکا دیں اور خود مالکن کو اطلاع کرنے کے لیے اندر چلی گئی حالانکہ جبرو کے بھونکنے سے اسے ضرور پتہ چل گیا ہوگا کہ کوئی آیا ہے۔ لیکن کسی بھی لڑکی سے خاص طور پر جب کہ وہ جوان ہو! یہ امید نہیں کی جا سکتی کہ وہ یوں دھڑ سے باہر چلی آئے گی۔ پہلے وہ اپنا آپ ٹھیک ٹھاک کرتی ہے، گڑیا کی آنکھ سے اپنا چہرہ آئینے میں دیکھتی ہوئی وہ اس پہ کے ایک ہی جہاں سے کو پاؤڈر سے کوستی ہے اور پھر پاس پڑی کالی پنسل کو اٹھا کر ٹھوڑی کے بائیں طرف، دیکھنے والے کی آنکھ کی پتلی کے برابر، ایک تل سا بناتی، اپنے قاعدے سے پٹے ہوئے بالوں میں سے چند ایک کو سرکش کرتی آخری بار آئینے میں دیکھتی ہے کہ اس کے بدن، اس کے لباس میں رات کا تو کچھ نہیں؟ وہ یہ سب کرتی ہے چاہے اسے اپنے ملاقاتی سے اس ناخن برابر بھی دل چسپی نہ ہو جسے وہ ابھی ابھی مینی کیور یا پالش کرتی آئی ہے۔

جب تک مکندی اور گری لال بیٹھ گئے، بالکل ہی۔ جب ہی گری نے مکندی سے پوچھا: "جبرو نے شروع میں بھی کبھی تمھیں کاٹنے کی کوشش نہیں کی؟"

"نہیں" مکندی نے جواب دیا۔

"کیوں؟ کتے تو۔۔۔"

"بات یہ ہے کہ جب آدمی نے خود کتا رکھا ہوا سے دوسرے کا کتا کبھی نہیں کاٹتا۔"

"کیا مطلب؟"

"مطلب، اپنے کتے کی بو اس میں رس بس جاتی ہے نا، جس کا ہمیں تمھیں پتہ نہیں چلتا لیکن کتے کو ہمیشہ چل جاتا ہے۔ پھر وہ دُم ہلانے، چاٹنے لگتا ہے۔ کتا ہمیشہ اسے پیار کرتا ہے جس کے پاس کتا ہو۔"

"ہاں، تمھارا وہ براؤن ڈاشنڈ، رکی۔۔۔ بڑا پیارا کتا ہے!"

جبھی سونفیا اپنے لانبے بالوں کا جوڑا بناتی، دونوں ہاتھوں سے اسے دباتی ہوئی باہر آئی۔ وہ یہ کام اندر بھی کرسکتی تھی لیکن شاید وہ یہیں، باہر ہی، اچھا تھا۔ دونوں بازوؤں کے اُٹھنے سے سونفیا کا اصل دکھائی دیتا تھا، گرانے سے نقل۔ گری لال اور مکندی تعظیماً اٹھ کھڑے ہوئے اور نمستے کی، لی۔

گری لال کا تعارف کراتے ہوئے مکندی نے کہا: گری لال، میرے دوست ہیں، کان پور میں ایل۔آئی۔سی میں کام کرتے ہیں۔"

سونفیا نے سر ہلادیا اور جان بوجھ کر اپنی آنکھوں میں سے غائب ہوگئی، جیسا کہ وہ اکثر کیا کرتی تھی اور جس سے اس کے کئی گملٹ پیے ہونے کا احساس ہوتا تھا۔ پھر اس نے ہاتھ کے اشارے سے کہا: بیٹھیے۔"

سونفیا بیس بائیس برس کی ایک کھلے ہاتھ پیر والی لڑکی تھی ——— مطمئن بالذات۔ اس کے اس اطمینان میں فن کتنا تھا اور نیچر کتنی، اس کا اندازہ آسانی سے نہ ہوسکتا تھا۔ اس میں کی آگ کا صرف اتنا ہی پتہ چلتا

تھا جتنا کہ بجلی کے تار کو دیکھنے ـــ صرف دیکھنے سے اس میں کی قوت اور جوش کا پتہ چلتا ہے۔ اس کے چہرے کے نقوش موٹے موٹے اور بھرے پُرے تھے۔ وہ اپنی عام حرکت میں بھنگڑہ ناچنے والوں کی طرح سے قوت کو اندر کھینچنے کی بجائے باہر پھینکتی ہوئی معلوم ہوتی تھی یا شاید ویسے ہی اس کی صحت عام ہندوستانی لڑکیوں سے اچھی تھی۔ جامن ـــ جو دیہاتی خوبصورتی کا اچھا نمونہ تھی ـــ اس کے سامنے یوں ہی معلوم ہوتی تھی جیسے آم کے سامنے جامن۔ وہ گوری تھی یا گندمی یا کچھ اور بھی' اس کا فیصلہ کرنا مشکل تھا کیونکہ وہ دھوپ میں ہوتی تو تانبا ہو جاتی، سایے میں ہوتی تو سفید' دریا کے کنارے سانولی اور اپر انڈیا کلب میں سلونی۔ پڑھی لکھی ہونے کے باوجود وہ روز صبح مندر ضرور جاتی تھی' شاید اس لیے نہیں کہ اس میں اس کی آتما کو شانتی ملتی تھی بلکہ اس لیے کہ مندر جانے والا آدمی وقت پہ سوتا اور وقت ہی پہ جاگتا ہے جس سے بدن کی رطوبتیں خشک نہیں ہوتیں اور وہ ہرا بھرا اور شاداب رہتا ہے' اندر کا فرجڈیئر، جو جسم کے اعضا کو یکجا اور تر و تازہ رکھتا ہے' اچھی طرح کام کرتا ہے۔ اسی لیے جب مندر سے، سفید ساری میں ملبوس' سونفیا باہر آتی تو دیوی لگتی اور کلب میں جاتی تو صوفیا لارین۔ اس کی آواز میں سے کئی ریزے اکئی دانے غائب تھے۔ شاید وہ اپنے ارادے سے انھیں غائب کر دیتی تھی۔ بہرحال، اس کی آواز میں ایک انگیخت پیدا کرنے والا کھرکھرا پن، ایک اٹوٹ رکھب سا رہتا تھا جو کبھی مدھم پہ نہ پہنچتا' جیسے وہ بیٹھے بیٹھے اپنی آنکھوں سے مفرور ہو جاتی تھی ایسے ہی گلے سے بھی۔

جامن نے ایک اور بید کی کرسی سرکا دی لیکن سونفیا نے بیٹھنے کی

کوشش ہی نہ کی۔ یوں ہی کھڑے کھڑے وہ مغایرت کے انداز میں بولی،
"کہیے؟"

مکندی نے گھبرا کر اس کی طرف دیکھا — مطلب یوں تھوڑے کہتے ہیں؟

پھر سونفیا نے بازو اٹھا کر اپنے جوڑے میں ایک سوئی کو دبایا اور انگریزی میں رو کھے پھیکے انداز سے کہا، "میں آپ کے لیے کیا کر سکتی ہوں؟"

مکندی کے اوسان اور بھی خطا ہو گئے۔ گری ساتھ نہ ہوتا تو وہ اُسے جوتا بھی ماردیتی تو کوئی پروا نہ تھی لیکن اس وقت.... مکندی کو غصہ آیا مگر وہ کیا کر سکتا تھا؟ قدرت میں کتنی بے رحمی تھی جو مرد کو عورت سے اور عورت کو مرد سے بے نیاز نہ ہونے دیتی تھی۔ کاش وہ اپنے آپ میں مکمل ہوتے۔ سونفیا نے ہمیشہ اس سے ایسی ہی بے رُخی برتی تھی۔ آخر اس کی وجہ کیا تھی! وہ تعلیم یافتہ تھا۔ لکھنؤ سے ایل۔ایل۔ڈی کر چکا تھا پھر وہ شکل وصورت کے اعتبار سے بھی اچھا تھا۔ پچھلے ہی سال وہ صحت کے مقابلے میں مسٹر لکھنؤ قرار دیا گیا تھا۔ مکندی نے اپنے آپ کو روکا۔ اندر کے جبر کو تہذیب واخلاق کی ایک موٹی سی زنجیر کے ساتھ باندھ دیا ورنہ اگر کوئی لڑکا بڑھ کر کسی لڑکی سے کہہ دے: آپ میرے لیے کر ہی کیا سکتی ہیں؟ تو پھر لڑکی کے پاس کیا رہ جاتا ہے؟ سوائے اس کے کہ اس کا رنگ پیلا پڑ جائے اور منہ پر کف لاتے ہوئے وہ اپنے بازو کی سویپ کے ساتھ باہر کی طرف انگلی کرتے ہوئے کہے: چلے جائیے، نکل جائیے میرے یہاں سے۔ مصلحت..... مکندی نے کہا تو صرف یہ، "اس دن.... آج میں ادھر سے گزر رہا تھا تو سوچا لیلا دیوی ہی کو سلام کرتے چلیں۔ اس دن

اپر انڈیا کلب کے فینسی ڈریس میں تو آپ نے کمال ہی کر دیا! بالکل مرہٹہ گونڈ لڑکی معلوم ہوتی تھیں۔" اور پھر دل میں کہا: ایک موتیاری جیسے سر پہ چٹائی رکھے ہوئے اس کا چیلیک سر شام ہاتھ سے پکڑ کر گھوٹل میں لے آتا ہے۔ رات بھر وہ کنوارے ایک دوسرے سے لپٹتے، پیار کرتے ہیں۔ صبح ہوتے ہی بیلوسا انھیں باہر دھکیل دیتی ہے، سورج کی روشنی سے پہلے کیونکہ وہ رات کی شرارتوں کو یاد کرتے ہوئے بہت زیادہ ہنستے اور کھلکھلاتے ہیں۔

سونفیا نے کہا بھی تو صرف اتنا: "شکریہ!"

وہ ٹھنڈی تھی؟ برف کا تودہ؟ پتھر میں بھی تیل ہوتا ہے۔ شاید کسی بو، کسی لمس نے اس کے اندر کی آگ کو نہیں بھڑکایا تھا۔ اتنی لو میں بھی وہ پگھل اور پسیج نہ رہی تھی۔ مکندی نے کچھ اور باتیں کرنے کی کوشش کی۔ ایسی باتیں جن کا جواب لمبا ہو، لیکن سونفیا جانے اختصار کی روح کو پا گئی تھی۔ وہ ایک چھوٹا سا جواب دیتی، بلکہ ٹکا سا۔ مکندی نے اسے وہ سماں یاد دلایا جب وہ سفید ساری میں ملبوس نرد تم کے مندر سے نکلی تھی اور صبح کے دھندلکے کی طرح سے حسین معلوم ہو رہی تھی اور شانت۔ مندر کی سیڑھیوں پر کوئی سوردا اس اکتارے پہ دلمپت لے میں بھیرویں کے سُر الاپ رہا تھا۔ اور دل میں کہا: جب تم سے لپٹنے، تمھیں پکڑنے کے بجائے تمھارے قدموں پہ لوٹنے کو جی چاہتا ہے۔

مندر سے لوٹنے والی یوتی سے بات مت کرو کیوں کہ وہ آفاقی ہو چکی ہے۔ اس وقت کا انتظار کرو جب ایک بار پھر اس میں مقامیت

لوٹ آئے.....

لیکن کیسے؟ سونفیا تو جیسے مندر سے نکلتی ہی نہ تھی، متامیت کو لوٹتی ہی نہ تھی۔ کسی کو سامنے پاتے ہی وہ کہیں دور پہنچ جاتی۔ دریا کے کنارے اس کی سہیلیوں کا جمگھٹ اس کے ارد گرد رہتا تھا اور کلب میں منچلوں کا۔ اور وہ کسی کی پکڑ میں نہ آتی تھی۔ وہ انیک سے ایک ہوتی تو بات بنتی۔ وہ اپنے بدن کو صحت سے بھرتی جا رہی تھی جو کہ اب تک قارون کا خزانہ ہو چکی تھی۔ وہ اس سیدھی سادی حقیقت کو نہ جانتی تھی کہ عورت نام ہے خرچ ہونے کا، گھٹنے اور بڑھنے کا' مناسب وقت کے بعد خاک اور خون میں لت پت ہونے کا— ورنہ وہ عورت نہیں رہتی' لیونارڈو کا شہکار ہو کر رہ جاتی ہے۔

یا شاید مکندی اناڑی تھا اور نہیں جانتا تھا کہ لڑکی سے بات کیسے کی جاتی ہے؟ بات کر بھی لی جائے تو آگے کیسے بڑھائی جاتی ہے؟ شرافت سے بات بنتی ہے یا غنڈہ گردی سے؟ اسے صحیح تو ایک طرف، غلط سلط طریقے سے بھی لڑکی کا تجربہ نہیں ہوا تھا۔ غالباً وہ ان مردوں میں تھا جو کسی طرح سے اپنے چال چلن کو خراب نہیں ہونے دیتے اور سمجھتے ہیں یہ بات عورت کو بہت متاثر کرتی ہے۔

جانے سونفیا اس سے اس لیے بات نہیں کرتی کہ وہ خوبصورت تھا اور مسٹر لکھنؤ۔ ایسے آدمی کے بارے میں لڑکی کو یقین نہیں آتا۔ یا پھر اس میں ایسا کوئی جذبہ ہے جس سے وہ بدصورت اور جنگلی قسم کے آدمی کو ترجیح دیتی ہے۔ کیا اس لیے کہ حسن اور خوبصورتی' نرمی اور گداز پن اور مظلومیت اسی کا اجارہ ہیں اور بدصورتی اور کرختگی اور بربریت

راجندر سنگھ بیدی 51 آئینے کے سامنے (افسانے)

مرد کا؟

مکندی نے سوچ لیا کہ اب اس کی دوڑ دھوپ سے کوئی کام نہیں بنتا۔ گور پرساد ہی کچھ ہو تو ہو۔ بنگلے سے نکلتے وقت جیرو نے منہ اٹھا کر بھی تو نہ دیکھا! کہاں وہ شور و شغب کے زلزلے لے آیا تھا۔ پھاٹک کی طرف بڑھتے وقت یوں معلوم ہوتا تھا جیسے سمبل نے اپنی پری کہانیاں روک کر ان کے گھٹیا، جاسوسی قصے بنا دیے تھے اور انھیں ریلوے کے بک اسٹالوں پہ بیچنا شروع کر دیا تھا۔ ڈھلتی ہوئی شام میں وہ گالے Nons کی طرح سے سفید اور پاکیزہ خیالات کی بجائے کالے بھجنگ، گندے اور فحش دلال ہو گئے تھے۔ آم گلنے، سڑنے لگے تھے اور انسان کے کام و دہن نے ذائقے سے منہ موڑتے ہوئے انھیں پیڑ ہی پہ متعفن ہونے کے لیے چھوڑ دیا تھا اور جامن کو اس بات کے لیے مجبور کر دیا تھا کہ وہ جیرو سے مجامعت کرے اور بار بار کرے۔

اسی شام اپر انڈیا کلب میں بڑی رونق تھی۔ بمبئی سے ارشاد پنجتن (Mime) نقال چلا آیا تھا جس نے حال ہی میں مغرب کا نہایت کامیاب دورہ کیا تھا۔ ہر دار الخلافے میں اس کی کمانڈ پرفارمنس ہوئی تھی جو تیقن کی چمک اس کی آنکھوں میں اور خوش حالی کی سرخی گالوں پہ لے آئی تھی۔ اس نے لوگوں کی تمام تر توجہ اپنی طرف کھینچ لی تھی۔ صرف مکندی ان سب سے کٹا ایک طرف بیٹھا گملٹ میں اپنی کچھ دیر پہلے کی ہزیمت کو ڈبو رہا تھا۔ گری لال جان بوجھ کر سٹک گیا تھا۔ ہاں، ہارے ہوئے

آدمی کے ساتھ ہمدردی کرو تو بُرا، نہ کرو تو بُرا۔ اور اس ہاں اور نہ کے بیچ کا فن نہایت گھٹیا اور بھونڈا ہوتا ہے۔ نہ معلوم سونفیا کے سلسلے میں مکندی نے اس کے سامنے کیا کچھ ڈینگیں ماری تھیں، جو۔۔۔۔

برج اور شطرنج کھیلنے والے بھی اپنے اپنے کھیل چھوڑ کر تھیٹر کارنر میں ارشاد پنجتن کی نقالی دیکھنے چلے گئے تھے۔ بیرے بے کاری کے عالم میں وہسکی، شیری یا رم کی بوتل کے ساتھ خالی گلاس اور سوڈا ٹرے پہ رکھے اور چابی ہاتھ میں لیے اِدھر اُدھر گھوم رہے تھے۔ آرکسٹرا کا گوانی لیڈر اپنے ریگولیشن سوٹ میں کوئی اذیت سی محسوس کر رہا تھا۔ دن کے مقابلے میں اس وقت گرمی کم تھی کیوں کہ لو چلنا بند ہوگئی تھی لیکن اس پہ بھی شرابی کے اُلٹے سانس کی طرح سے بیچ بیچ میں گرم اور متعفن ہوا کا جھونکا چلا آتا تھا کیوں کہ کلب کے نیچے ہی شہر کا گندا نالہ تھا جس کا پانی کوئی سوڈیڑھ سو گز پرے دریا میں گرتا تھا۔ وہ بار بار اپنا سفید رومال نکال کر اپنا منہ اور اپنی گردن پونچھتا تھا اور پھر نہ جانے کیوں، اس رومال کو دیکھتا تھا جس پہ مٹی اور پسینے کی میل چلی آئی تھی۔ شاید وہ سمجھتا تھا کہ اس کا کالا رنگ جانے لگا ہے اور کچھ دنوں میں وہ گورا ہو جائے گا۔ پھر وہ جھلّا کر ڈبل بیس پہ اپنا ہاتھ مار دیتا تھا جس سے عجیب طرح کی بیزار کر دینے والی آواز نکلتی تھی۔ اکیلا ساز اور وہ بھی بے وقت، بے ہنگم طریقے سے بجے تو ایک اینٹی میوزک کی سی کیفیت پیدا ہو جاتی ہے۔ جتنا میوزک سے لطف آتا ہے اتنی ہی اینٹی میوزک سے بے لطفی پیدا ہوتی ہے۔ آخر سارا سلسلہ سازو آہنگ ہی کا ہے نا!

شیلو گورنر کے۔اے۔ڈی۔ سی کی لڑکی تھی اس لیے وہ اپنے

آپ کو گورنر ہی سمجھتی تھی، اور یہ تھا بھی ٹھیک کیونکہ بڈھا گورنر جب بھی دورے پہ جاتا تھا شیلو کو اپنے خاص سیلون میں ساتھ لے جاتا تھا اور کسی کو پتہ نہ چلتا تھا کہ کسی گھاتک کو پھانسی کی سزا سے عمر قید میں بدل جانے یا بالکل ہی چھوٹ جانے میں شیلو کا کتنا ہاتھ تھا۔ شیلو کی عمر کوئی تیس ایک برس کی تھی مگر وہ کنواری تھی۔ شادی کے سلسلے میں اس کی عمر ممکن شوہروں کو آزمانے ہی میں گزر گئی تھی۔ لڑکیوں کے لیے اکثر ان کے بڑے باپ کی بیٹی ہونا، زیادہ خوب صورت اور پڑھی لکھی ہونا ان کی شادی کے منافی ہوتا ہے۔ شیلو یوں کوئی ایسی فلرٹ نہ تھی لیکن اس وقت، ساز اور آہنگ کے کھیل میں، وہ اس کم بخت مائیم کے آجانے سے صرف ساز ہو کر رہ گئی تھی۔ کچھ ہی دیر پہلے، سدھانت، شہر کے چیمبر آف کامرس کے پریذیڈنٹ کے ساتھ وہ والٹس ناچتی رہی تھی لیکن مائیم کے منظر پہ آتے ہی سدھانت نے شیلو کو یوں چھوڑ دیا جیسے انگریز لوگ ہاتھ سے گرم گرم آلو چھوڑ دیتے ہیں اور والٹس کا آہنگ شیلو کے بدن میں ختم کر رہ گیا تھا۔ کسی لڑکی میں آہنگ شروع ہی نہ ہو تو وہ برسوں کسی تان پورے کی طرح سے گھر میں ایک کھونٹی پہ لٹکی ہوئی رہ سکتی ہے، لیکن اگر وہ شروع ہو جائے یا اسے کوئی چھیڑ دے تو پھر وہ دھن یا ڈانس نمبر کو تکمیل تک پہنچائے بغیر نہیں رہ سکتی ـــــ اور والٹس کا آہنگ شیلو کے تقریباً کنوارے بدن میں ختم کر رہ گیا تھا جسے وہ کہیں بھی، کیسے بھی جھٹک دینا چاہتی تھی۔

اور سامنے مکندی بیٹھا تھا ـــــ خوبصورت اور مسٹر لکھنؤ!

اور اکیلا!

جانے اکائی عورت کو کیوں ہمیشہ پریشان کرتی ہے۔ شاید اس لیے کہ وہ دوئی کی نمائندہ ہے اور اسے بالکل برداشت نہیں کرسکتی۔ وہ ہندسوں میں دو، تین، چار— ان سے زیادہ کی دلیل ہے اس لیے جب کہیں کوئی رشتے کی بات چلتی ہے تو اس کا استمرار دھرے کا دھرا رہ جاتا ہے اور وہ فوراً حرکت میں آجاتی ہے۔ وہ— جمع اور ضرب کی قائل— خیر، یہ حساب کی باتیں ہیں۔ شیلو دونوں ہاتھ اٹھاکر، ان سے اپنے سر کے بالوں کو کچھ اور ڈھیلا اور بے ربط کرتی ہوئی مکندی کے پاس چلی آئی۔

"آپ .... آپ نہیں دیکھنا چاہتے وہ پینٹو مائیم؟"

"نہیں۔" مکندی نے سر ہلا دیا۔

"کیوں؟"

"مجھے نقل اچھی نہیں لگتی۔"

"اصل اچھی لگتی ہے؟" شیلو نے معنی خیز انداز سے کہا اور پھر اپنے آپ ایک کرسی سرکاتی ہوئی مکندی کے پاس بیٹھ گئی اور بولی: "مجھے بھی یہ نقل پسند نہیں، زندگی کی نقل۔" وہ خفیف سا ہانپ بھی رہی تھی، جیسے حالات پہ کچھ غصہ تھا۔ اس نے بیرے کو آواز دی جو پہلے ہی کہیں بھی، کوئی بھی کام چاہتا تھا۔ وہ بھاگا ہوا آیا، دست بستہ۔ ابھی اس نے مایوس ہوکر ٹرے بار کے کونٹر پہ جا رکھی تھی۔ شیلو نے آرڈر دیا:

"ایک شیری، ڈبل!"

نہ چاہتے ہوئے بھی مکندی نے بیرے سے کہا: "میرے حساب میں۔"

"نہیں نہیں۔" شیلو نے احتجاج کیا اور پھر مکندی کی آنکھوں میں دیکھا اور پھر بیرے کی طرف دیکھتی ہوئی بولی، "اوکے، مورس!"

اور بیرہ "یس میڈم" کہہ کر بار کی طرف چل دیا، تیز تیز۔

ارشاد بخش ایک دندان ساز کی نقل آتار رہا تھا۔ پہلے اس نے دور سے مریض ـــ فرضی مریض ـــ کو آتے دیکھا اور خوش ہوا کہ گاہک پھنسا۔ اس کے آنے سے پہلے اس نے کرسی درسی ٹھیک کی، ہاتھوں سے ہی گرد کو جھاڑا اور جیسے ہی مریض آیا اس نے مؤدب طریقے سے اسے بیٹھنے کا اشارہ کیا اور پھر ایسے ہی منہ ہلا ہلا کر اس کی دردناک باتیں سنتا رہا۔ صاف پتہ چلتا تھا کہ بے چارہ درد کی شدت سے رات بھر نہیں سویا لیکن دندان ساز بے نیازی سے اس کی داستان سنتا رہا۔ پھر اس نے اشارہ کیا کہ سب ٹھیک ہو جائے گا اور اسے ڈینٹسٹ کی کرسی پہ بیٹھنے کے لیے کہا جس کے بعد اس نے مریض کو منہ کھولنے کی ہدایت دی۔ مائیم چونکہ دندان ساز بھی خود تھا اور مریض بھی خود ہی، اپنا منہ کچھ اس طریقے سے کھولا کہ وہ زمانہ یاد آگیا جب انسان غاروں میں رہا کرتا تھا۔ دندان ساز نے غار کی قسم کے اس منہ میں ہاتھ ڈالا اور دوسرے ہاتھ سے فرضی بتی کو کھینچ کر مریض کے برابر کیا اور روشنی میں اندر جھانکا۔ کیا ہوگا سا اندھیرا ہوگا کہ ڈاکٹر کو منہ میں انگلی ڈال کر مسوڑھوں اور دانتوں کو ٹوہنا پڑا۔ جب ہی وہ فرضی مریض ایک دم ٹیس سے بلبلاتا دکھائی دیا۔ غالباً دندان ساز کا ہاتھ اندر ہلتے، جھولتے ہوئے دانت اور اس کے پاس کی کسی ننگی رگ کو جا لگا تھا۔ ہاتھ نکالتے ہوئے ڈاکٹر نے اسے تسلی دی کہ سب ٹھیک ہو جائے گا۔ اب جب کہ وہ شہر کے سب سے بڑے اور سب سے قابل دندان ساز کے پاس آگیا ہے اسے کسی فکر کی ضرورت نہیں۔ پھر اس نے آنکھوں میں دہشت سمو کر دو تین بار کی مدرا سے بنایا

کہ اندر بہت بڑی cavity ہے جس میں سے اکبر کے زمانے کا پورا لشکر مع ہاتھی، ہودے اور گھوڑے وغیرہ کے گزر سکتا ہے — لیکن چنتا کی کوئی بات ہی نہیں!

پھر اس نے مشین کے اوپر ایک فرضی بوتل سے روئی کے پھوئے نکالے اور ایک کے بعد دوسرا منہ میں ڈالتے ہوئے اس نے دانت اور اس کے نواح کو آلائشوں سے پاک کیا۔ پھر دیکھا — بتی کو اور نزدیک کرتے ہوئے — اور سر ہلایا کہ دانت نکالے بغیر گزارہ نہیں اور چپکے سے اوزاروں کی پلیٹ میں سے زنبور اٹھایا جسے دیکھتے ہی مریض کی رہی سہی جان بھی نکل گئی۔ ڈینٹسٹ کو پھر اسے تسلی دینا پڑی۔ پچکاری سے دانت اور اس کے نواح کے علاقے کو بے حس اور مردہ کرنا پڑا۔ آخر جب دانت، اس کے ارگرد کا حصہ، حتٰی کہ مریض بھی مردہ ہو گئے تو اس نے زنبور اندر ڈال کر مضبوطی سے دانت کو پکڑا اور ایک دو جھٹکوں ہی سے اسے باہر نکال دیا۔ اس کے جھٹکوں کے ساتھ مریض اچھلتا، بلبلاتا تھا، لیکن اب وہ ایک طرف ڈاکٹر اور دوسری طرف زنبور کی پکڑ میں تھا! وہ کر کیا سکتا تھا۔ تڑپ کر رہ گیا بے چارہ۔ ڈاکٹر بہت خوش تھا۔ اس نے دانت کو آنکھوں کے سامنے لا کر دیکھا اور اس کے چہرے پر سے کوئی پرچھائیں سی گزری۔ جب ہی مریض کے منہ میں اپنا ہاتھ ڈالا تو اسے پتہ چلا کہ ڈاکٹر نے صحیح و سالم دانت کو نکال دیا تھا۔ ٹوٹا ہوا اور کرم خوردہ دانت ابھی وہیں تھا، جوں کا توں!

اب مریض اور ڈاکٹر دونوں ایک دوسرے کے پیچھے بھاگ رہے تھے۔ اسی مشین، اسی فرضی کرسی کے اردگرد اور لوگ بے تحاشا ہنس

رہے تھے، تالیاں بجا رہے تھے۔ وہ مائیم اس قدر کینہ تھا کہ مریض اور ڈاکٹر دونوں کی چال اور دونوں کی دوڑ کا ایک دم الگ الگ اور بے حد کامیاب نقشہ کھینچ رہا تھا۔

بیچ میں کہیں سونفیا بھی آ گئی۔ ظاہر ہے کہ تھیٹر کارنر میں جانے سے پہلے وہ کلب ہال ہی سے گزر کر آئی ہوگی۔ آج اس نے معمول سے زیادہ دل کش میک اپ کر رکھا تھا، اس پہ بھی وہ کچھ ایسی کھلی ہوئی نہ تھی جیسی کہ وہ عام طور پر ہوتی تھی۔ کیا وہ آج صبح مندر نہیں گئی تھی؟

مائیم نے اپنے پروگرام کی دوسری مد شروع کی جو کہ ایک فرسٹریٹڈ یعنی کہ محروم و مہجور عاشق کے بارے میں تھی۔ سب سے پہلے سدھانت سونفیا کو دیکھ کر مجمعے سے باہر چلا آیا، پھر رشید علی، کلب کا منیجر۔ آرکسٹرا کے لوگ چوکنے ہو گئے اور گوانی لیڈر اپنی ٹائی کی ناٹ کو کستا ہوا ڈبل بیس کے پیچھے آ بیٹھا۔ بیرہ لوگ بھی مستعد ہو گئے۔ پھر ابھینکر نے اپنے ساتھی کا ہاتھ پکڑا اور اسے مجمعے میں سے کھینچ لایا اور کشاں کشاں بساط پر لے آیا، بظاہر اگلی چال کے لیے۔ بے چارے مائیم کے کھیل کا شیرازہ بکھر چکا تھا اور وہ پھٹی پھٹی آنکھوں سے دوسروں کا کھیل دیکھ رہا تھا!

سدھانت اور کچھ دوسرے لوگوں نے دیکھا مکندی اور شیلو وہاں سے غائب تھے۔ مرمر کے میز کی ٹاپ پہ دو گلاس خالی پڑے تھے۔ ایش ٹرے میں بہت سی سگریٹوں کے بجھے ہوئے ٹکڑے اور ایک طرف دستخط کیا ہوا بل جس پہ پانچ کا ٹپ پڑا تھا اور جو صدر دروازے سے آنے والی ہوا میں پھڑپھڑا رہا تھا!

کچھ دن بیت گئے۔ مکندی اور گری لال آپس میں ملے اور ایک دوسرے کی کمر میں ٹھوکے دے دے کر ہنستے ہنساتے رہے۔

چند لوگوں کو صرف سنیچر کی شام کو چھٹی کا احساس ہوتا ہے کیوں کہ اگلے روز کہیں آنا جانا تو ہوتا نہیں، مزے سے آدمی بستر پر پڑا منہ میں پرانی یادوں کی خوبانیاں پپول سکتا ہے اور اس کے ذائقے سے تنذ کرر کا لطف اٹھا سکتا ہے ـــ جو قند سے بھی زیادہ لذیذ ہوتا ہے۔

سنیچر کی شام کو جب گری لال مکندی کے ہاں تری نواس میں آیا تو دیکھا مکندی کا چہرہ کانوں کی لو دل تک لال ہو رہا ہے۔ وہ خوش بھی تھا اور نہیں بھی۔ گری لال نے اس کی وجہ پوچھی تو دیکھا کہ جواب دینے میں مکندی بھی ایکا ایکی اپنی نظروں سے کہیں غائب ہو گیا ہے اور ہر بات کا جواب 'ایں؟' سے شروع کرتا ہے جس کے نتیجے کے طور پر پوچھنے والے کو خواہ مخواہ اپنی بات دہرانی پڑتی ہے۔

بیزار ہو کر گری لال نے مکندی کو دونوں شانوں سے پکڑ لیا اور زور زور سے جھنجھوڑتے ہوئے بولا: "مکندی، بات کیا ہے آخر؟"

"کچھ نہیں۔" پہلے تو مکندی نے کہا اور پھر ادھر ادھر دیکھ کر اپنی کرسی گری لال کے پاس سرکائی اور بولا، "سن یار، ایک عجیب سی بات ہوئی۔" اور پھر وہ رک گیا، جیسے سوچ رہا ہو کہ اب بھی بتائے یا نہ بتائے۔

"بڑا کمینہ ہے، یار تو۔" گری نے کہا، "ایسی بھی کیا بات ہے جو تو گری سے چھپائے گا؟"

"بتاتا ہوں۔" مکندی رازداری کے انداز میں اپنا منہ گری لال کے کانوں کے پاس کرتے ہوئے بولا، "وہ سونفیا..."

"ہاں ہاں، سونفیا ؟ !"

"ہم جتنا اسے برف کا تودہ سمجھ رہے تھے اتنی ہی وہ آگ نکلی۔"

"سچ ؟" اور گری لال کا چہرہ بھی تمتمانے لگا اور پھر اس نے حیران ہوکر کہا، "کہاں، کیسے ہوا یہ سب ؟ اسے کیا شیلو اور تمھارے بارے میں پتہ چل گیا تھا ؟"

"نہیں۔" مکندی نے جواب دیا۔ "ہم تو اس کے کلب میں آنے سے پہلے ہی وہاں سے نکل کر دریا کے کنارے چلے گئے تھے۔"

"پھر ؟"

"پھر۔" مکندی نے کہا۔ ایسا معلوم ہوتا تھا جیسے وہ سونفیا کے رام ہوجانے کی کوئی بڑی لمبی چوڑی وجہ بیان کرنے جا رہا ہے لیکن جبھی سامنے، برآمدے کی طرف اس کا ڈاشنڈ، رکی، کوئی اجنبی بو پاتا، بھونکتا ہوا چلا آیا۔

"رکی — رکی۔" مکندی نے پکارا لیکن وہ گری کے پاس پہنچ کر اسے سونگھ چکا تھا۔ پھر مکندی کے پاس آتے ہوئے اس نے اسے سونگھا، سر اٹھاکر اس کے منہ کی طرف دیکھا اور دم ہلا ہلاکر وہ اس کے ہاتھ اور پاؤں چاٹنے لگا۔ مکندی نے مسکراتے ہوئے گری لال کی طرف دیکھا اور پھر رکی کو اٹھاکر اس کے بدن پہ ہاتھ پھیرنے، اس سے پیار کرنے لگا۔

وہ بڈھا

میں نہیں جانتی۔ میں جا رہی تھی مزے سے۔ میرے ہاتھ میں ایک کالے رنگ کا پرس تھا، جس میں کچھ چاندی کے تار کڑھے ہوئے تھے اور میں ہاتھ میں اسے گھما رہی تھی۔ کچھ دیر میں میں اُچک کر فٹ پاتھ پہ ہو گئی کیونکہ مین روڈ پر سے ادھر آنے والی بسیں ایک دم راستہ کاٹتی تھیں۔ اڈے پر پہنچنے اور ٹائم کیپر کو ٹائم دینے کے لیے۔ جبھی اس موڑ پر ہمیشہ ایکسیڈنٹ ہوتے تھے۔

بس تو خیر نہیں آئی، اس پر بھی ایکسیڈنٹ ہو گیا۔ میری دائیں طرف سامنے کے فٹ پاتھ کے اُدھر مکان تھے اور میرے اُلٹے ہاتھ پر اسکول کی سیمنٹ سے بنی ہوئی دیوار، جس کے اُس پار مشنری اسکول کے فادر لوگ ایسٹر کے سلسلے میں کچھ سجا بنا رہے تھے۔ میں اپنے آپ سے بے خبر تھی، لیکن ایکا ایکی جانے مجھے کیوں محسوس ہونے لگا کہ میں ایک لڑکی ہوں — جوان لڑکی۔ ایسا کیوں ہوتا ہے، یہ میں نہیں جانتی مگر ایک بات کا

مجھے پتہ ہے کہ ہم لڑکیاں صرف آنکھوں سے نہیں دیکھتیں۔ جانے پرماتما نے ہمارا بدن کیسے بنایا ہے کہ اس میں کا ہر لوپر دیکھتا، محسوس کرتا، پھیلتا اور سمٹتا ہے۔ گدگدی کرنے والا ہاتھ لگتا بھی نہیں کہ پورا شریر ہنسنے مچلنے لگتا ہے۔ کوئی چوری چھپے دیکھے بھی تو یوں لگتا ہے جیسے ہزاروں سوئیاں ایک ساتھ چبھنے لگیں، جن سے تکلیف ہوتی ہے اور مزا بھی آتا ہے البتہ کوئی سامنے بے شرمی سے دیکھے تو دوسری بات ہے۔

اس دن کوئی میرے پیچھے آرہا تھا، جسے میں نے دیکھا تو نہیں پر ایک سنسناہٹ سی میرے جسم میں دوڑ گئی۔ جہاں میں چل رہی تھی، وہاں برابر میں ایک پرانی شیورلے گاڑی رکی، جس میں ادھیڑ عمر کا بلکہ بوڑھا مرد بیٹھا تھا۔ وہ بہت معتبر اور رعب داب والا آدمی تھا۔ عمر نے جس کے چہرے پر لوڈو کھیلی تھی اس کی ایک آنکھ تھوڑی دبی ہوئی تھی جیسے کبھی اسے لقوہ ہوا ہو، لیکن وٹامن سی اور بی کمپلیکس کے ٹیکے وغیرہ لگوانے، شیر کی چربی سے مالش کرنے یا کبوتر کا خون ملنے سے ٹھیک ہو گیا ہو۔ لیکن پورا نہیں۔ ایسے لوگوں پہ بڑا ترس آتا ہے کیونکہ وہ نہیں مارتے، اس پر بھی پکڑے جاتے ہیں۔ جب اس نے میری طرف دیکھا تو پہلے میں بھی اسے غلط سمجھ گئی، لیکن چونکہ میرے اپنے گھر میں چچا گووند اسی بیماری کے مریض ہیں، اس لیے میں جان گئی اور دیر تک مجھے کچھ وہ نہ رہا۔ میں اپنے آپ میں شرمندہ سی محسوس کرنے لگی۔ اس بڈھے کے داڑھی تھی جس میں روپے کے برابر ایک سپاٹ سی جگہ تھی۔ ضرور کسی زمانے میں اس کے وہاں کوئی بڑا سا پھوڑا نکلا ہوگا جو ٹھیک تو ہو گیا لیکن بالوں کو جڑ سے ہی غائب کر گیا۔ اس کی داڑھی سر کے بالوں سے

زیادہ سفید تھی۔ سر کے بال کھچڑی تھے — سفید زیادہ اور کالے کم، جیسے کسی نے مونگ کی دال تھوڑی اور چاول زیادہ ڈال دیے ہوں۔ اس کا بدن بھاری تھا جیسے کہ اس عمر میں سب کا ہو جاتا ہے۔ میرا بھی ہوگا۔ کیا میٹرن لگوں گی۔ لوگ کہتے ہیں تمھاری ماں موٹی ہے، تم بھی آگے چل کر موٹی ہو جاؤ گی۔ عجیب بات ہے نا کہ کوئی عمر کے ساتھ آپ ہی اپنی ماں ہو جائے یا باپ۔ بڈھے کے قد کا پتہ نہ چلا البتہ، کیونکہ وہ موٹر میں ڈھیر تھا۔ رُکتے ہی اُس نے کہا "سُنو"

میں رک گئی، تھوڑا جھک بھی گئی، اُس کی بات سننے کے لیے —

"میں نے تمھیں دور سے دیکھا۔" وہ بولا۔

میں نے جواب دیا "جی؟"

"میں جو تم سے کہنے جا رہا ہوں، اس پہ خفا نہ ہونا۔"

"کہیے۔" میں نے سیدھی کھڑی ہو کر کہا۔

اس بڈھے نے پھر مجھے ایک نظر دیکھا، لیکن مجھے زیادہ کچھ وہ نہ ہوا۔ کیوں کہ وہ بڈھا تھا۔ پھر اس کے چہرے سے کوئی ایسی ویسی بات نہ معلوم ہو رہی تھی، نہیں لوگ کہتے ہیں بڈھے بڑے لاگی ہوتے ہیں۔

"تم جا رہی تھیں۔" وہ شروع ہوا۔" اور تمھاری یہ ناگن، دایاں پاؤں اُٹھنے پر بائیں اور بایاں اٹھنے پر دائیں طرف جھوم رہی تھی۔"

میں اک دم کانشس ہو گئی۔ میں نے اپنی چوٹی کی طرف دیکھا جو اس وقت نہ جانے کیسے سامنے چلی آئی تھی۔ میں نے بغیر کسی ارادے کے سر کو جھٹکا دیا اور" ناگن" پھر پیچھے چلی گئی — جیسے پھنکارتی ہوئی۔ بڈھا کہے جا رہا تھا —"میں نے گاڑی آہستہ کر لی اور پیچھے سے تمھیں دیکھتا رہا۔"

اور آخر ایک دم بولا وہ بڈھا — "تم بہت خوبصورت لڑکی ہو!"

میرے بدن میں جیسے کوئی تکلّف پیدا ہوگیا اور میں کروٹ کروٹ اسے چرانے لگی۔ بڈھا منتر مگدھ مجھے دیکھ رہا تھا۔ میں نہ جانتی تھی، اس کی بات کا کیا جواب دوں؟ میں نے سنا ہے، باہر کے دیسوں میں کسی لڑکی کو کوئی ایسی بات کہہ دے تو وہ بہت خوش ہوتی ہے، شکریہ ادا کرتی ہے لیکن ہمارے یہاں کوئی ایسا رواج نہیں۔ اُلٹا ہمیں آگ لگ جاتی ہے — ہم کیسی بھی ہیں، کسی کو کیا حق پہنچتا ہے ہمیں ایسی نظروں سے دیکھے؟ اور وہ بھی یوں — سڑک کے کنارے، گاڑی روک کر، اور شروع ہوجائے۔ بدیس کی لڑکیوں کا کیا ہے، وہ تو بڈھوں کو پسند کرتی ہیں۔ اٹھارہ بیس برس کی لڑکی ساٹھ ستر کے بوڑھے سے شادی کرلیتی ہے۔

"یہ بڈھا آخر چاہتا کیا ہے؟" میں نے سوچا۔

"میں اس خوبصورتی کی بات نہیں کرتا۔" وہ بولا "جسے عام آدمی خوبصورتی کہتے ہیں۔ مثلاً وہ گورے رنگ کو اچھا سمجھتے ہیں۔"

مجھے جھرجھری سی آگئی۔ آپ دیکھ ہی رہے ہیں میرا رنگ کوئی اتنا گورا بھی نہیں۔ سانولا بھی نہیں۔ بس — بیچ کا ہے۔ میں نے ......
میں تو شرما گئی۔ "آپ؟" میں نے کہا اور پھر آگے پیچھے دیکھنے لگی کہ کوئی دیکھ تو نہیں رہا؟

بس دندناتی ہوئی آئی اور یوں پاس سے گزر گئی کہ کار اور اس کے بیچ انچ بھر کا ہی فرق رہ گیا۔ لیکن وہ بڈھا دنیا کی ہر چیز سے بے خبر تھا۔ آخر کو ہر ایک کو مرنا ہے، لیکن وہ اس وقت تو بیکار اور فضول موت سے بھی بے خبر تھا۔ جانے کن دنیاؤں میں کھویا ہوا تھا وہ؟

دو تین تھا ئی —— راما لوگ وہاں سے گزرے، کسی نوکری پگار کے بارے میں جھگڑا کرتے ہوئے جو ایسٹر کی گھنٹی میں گم ہوگیا۔ دائیں طرف کے مکان کی بالکنی پر ایک دبلی سی عورت اپنے بالوں میں کنگھی کرتی ہوئی آئی اور ایک بڑا سا گچھا بالوں کا کنگھی میں سے نکال کر نیچے پھینکتی ہوئی واپس اندر چلی گئی۔ کسی نے خیال بھی نہ کیا، سڑک کے کنارے میرے اور اس بڈھے کے درمیان وہ کیا بزنس چل رہا تھا۔ شاید اس لیے کہ لوگ اسے میرا کوئی بڑا سمجھتے تھے۔ بوڑھا کہتا رہا —— "تمھارا یہ سنولایا ہوا، گندنی رنگ۔ گٹھا ہوا بدن جو ہمارے ملک میں ہر لڑکی کا ہونا چاہیے۔" اور پھر ایکا ایکی بولا —— "تمھاری شادی تو نہیں ہوئی؟"

"نہیں۔" میں نے جواب دیا۔

"کرنا بھی تو کسی گبرو جوان سے۔"

"جی؟"

اب لہو میرے منہ کو آنے لگا تھا۔ آپ ہی سوچیے آنا چاہیے تھا یا نہیں؟ پر اس سے پہلے کہ میں اس بڈھے سے کچھ کہتی، اس نے ایک نئی ہی بات شروع کر دی —— "تم جانتی ہو، آج کل یہاں چور آئے ہوئے ہیں؟"

"چور؟" میں نے کہا "کیسے چور؟"

"جو بچوں کو چرا کر لے جاتے ہیں۔ انھیں بے ہوش کر کے ایک گٹھری میں ڈال لیتے ہیں۔ ایک ایک وقت میں چار چار۔ پانچ پانچ۔"

میں بڑی حیران ہوئی۔ میں نے کہا بھی تو صرف اتنا —— "تو؟" مطلب مجھے —— میرا اس بات سے کیا تعلق؟

جبھی اس بڈھے نے کمر سے نیچے میری طرف دیکھا اور بولا "دیکھنا

کہیں پولیس مجھے ہی پکڑ کر نہ لے جائے۔"

اور اس کے بعد اس بڈھے نے ہاتھ ہوا میں ہلایا اور گاڑی اسٹارٹ کر کے چلا گیا۔ میں بے حد حیران کھڑی تھی ... چور.... گٹھری، جس میں چار چار، پانچ پانچ بچے.... تبھی میں نے خود بھی اپنے نیچے کی طرف دیکھا اور سمجھی — میں ایک دم جل اٹھی —— پاجی، کمینہ۔ شرم نہ آئی اسے؟ میں اس کی پوتی نہیں تو بیٹی کی عمر کی تو ہوں ہی اور یہ مجھ سے ایسی باتیں کر گیا، جو لوگ بدیس میں بھی نہیں کرتے۔ اسے حق کیا تھا ایک لڑکی کو سڑک کے کنارے کھڑی کرے اور ایسی باتیں کرے؟ کسی بھی عزت والی، سوابھیمانی لڑکی سے۔ اس کی ہمت کیسے پڑی؟ آخر کیا تھا مجھ میں؟ یہ سب مجھی سے کیوں کہا؟ ایک بے عزتی کے احساس سے میری آنکھوں میں آنسو اُمڈ آئے۔ میں کیا ایک اچھے گھر کی لڑکی دکھائی نہیں دیتی؟ میں نے لباس بھی کوئی ایسا نہیں پہنا جو بازاری قسم کا ہو۔ قمیص تھوڑی فٹ تھی البتہ، جیسی عام لڑکیوں کی ہوتی ہے اور نیچے شلوار۔ کیوں؟ یہ ایسا کیوں ہوا؟ ایسے کو تو پکڑ کر مارنا اور مار مار کر سُور بنا دینا چاہیے۔ پولیس میں اس کی رپورٹ کرنی چاہیے۔ آخر کوئی تک ہے؟.... اس کی گاڑی کا نمبر؟ مگر جب تک گاڑی موڑ پر نظروں سے اوجھل ہو چکی تھی۔ میں بھی کتنی مورکھ ہوں، جو نمبر بھی نہیں لیا۔ ایسا ہی ہوتا ہے میرے ساتھ، ہمیشہ ایسا ہی ہوتا ہے۔ وقت پر دماغ کام نہیں کرتا، بعد میں خیال آتا ہے تو خود ہی سے نفرت پیدا ہوتی ہے۔ میں نے سائیکالوجی کی کتاب میں پڑھا ہے، ایسی حرکت وہی لوگ کرتے ہیں جو دوسروں کی عزت کرتے ہیں، اپنی عزت کرتے ہیں۔ اسی لیے مجھے وقت پر نمبر لینا

یاد نہ آیا۔ میں رونکھی سی ہو گئی، سامنے سے پودار کالج کے کچھ لڑکے گاتے، سیٹیاں بجاتے ہوئے گزر گئے۔ انھوں نے تو ایک نظر بھی میری طرف نہ دیکھا مگر یہ بڈھا.....؟!

میں دراصل دادر اون کے گولے خریدنے جا رہی تھی۔ میرا فسٹ کزن بیگل سویڈن میں تھا، جہاں بہت سردی تھی اور وہ چاہتا تھا کہ میں کوئی آٹھ پلائی کی اون کا سوئیٹر بُن کر اسے بھیج دوں۔ کزن ہونے کے ناتے وہ میرا بھائی تھا، لیکن تھا بدمعاش۔ اس نے لکھا — تمھارے ہاتھ کا بُنا ہوا سوئیٹر بدن پر رہے گا تو سردی نہیں لگے گی!.... مجھے گھر میں کوئی اور کام بھی تو نہ تھا۔ بی، اے پاس کر چکی تھی اور پاپا کہتے تھے، آگے پڑھائی کا کوئی فائدہ نہیں۔ ہاں، اگر کسی لڑکی کو پروفیشن میں جانا ہو تو ٹھیک ہے لیکن اگر ہر ہندستانی لڑکی کی طرح سے شادی ہی اس کا پروفیشن ہے تو پھر کیا فائدہ؟ اس لیے میں گھر ہی میں رہتی اور سو الٹو فالتو کام کیا کرتی تھی جیسے سوئیٹر بُننا یا بھیا اور بھابی بہت رومینٹک ہو جائیں اور سینما کا پروگرام بنالیں تو پیچھے بندو، ان کی بچی کو سنبھالنا۔ اس کے گیلے کپڑوں، پوتڑوں کو دھونا سکھانا وغیرہ۔ لیکن بڈھے سے اس مڈبھیڑ کے بعد میں جیسے ہل ہی نہ سکی۔ میرے پاؤں میں جیسے کسی نے سیسہ بھر دیا۔ پتہ نہیں آگے چل کر کیا ہو —؟ اور

میں گھر لوٹ آئی۔

اتنی جلدی گھر لوٹتے ہوئے دیکھ کر ماں حیران رہ گئی۔ اُس نے سمجھا میں اون کے گولے خرید بھی لائی ہوں۔ لیکن میں نے قریب قریب روتے ہوئے اُسے ساری بات کہہ سنائی۔ اگر گول کر گئی تو وہ چار چار پانچ پانچ بچّوں والی بات۔ کچھ ایسی باتیں بھی ہوتی ہیں جو بیٹی ماں سے بھی نہیں کر سکتی۔ ماں کو بڑا غصہ آیا اور وہ ہوا میں گالیاں دینے لگی۔ عورتوں کی گالیاں، جن سے مردوں کا کچھ نہیں بگڑتا اور جو انھیں اور ایکسائیٹ کرتے ہیں۔ آخر ماں نے ٹھنڈی سانس لی اور کہا — "اب تجھے کیا بتاؤں، بٹیا۔ یہ مرد سب ایسے ہی ہوتے ہیں — کیا جوان، کیا بڈھے؟

"پر ماں" میں نے کہا "پاپا بھی تو ہیں"۔

ماں بولی — "اب میرا منہ مت کھلواؤ۔"

"کیا مطلب؟"

"دیکھا نہیں تھا اُس دن .... کیسے راما لنگم کی بیٹی سے ہنس ہنس کر باتیں کر رہے تھے۔"

کچھ بھی ہو، ماں کے اس مردوے کو گالیاں دینے سے ایک حد تک میری تسلّی ہو گئی تھی۔ مگر بڈھے کی باتیں رہ رہ کر میرے کانوں میں گونج رہی تھیں اور میں سوچ رہی تھی — کہیں پھر مل جائے تو میں.... اور اس کے بعد میں اپنی بے بسی پر ہنسنے لگی۔ تبھی میں اٹھ کر اندر گئی۔ سامنے قدِ آدم آئینہ تھا۔ جس کے سامنے میں رُک گئی اور اپنے سراپے کو دیکھنے لگی۔ کولہوں سے نیچے نظر گئی تو پھر مجھے اس کی چار چار پانچ پانچ بچّوں والی بات یاد آ گئی اور میرے کانوں کی لویں یک گرم ہونے لگیں۔ وہاں

کوئی نہیں تھا، پھر میں کس سے شرما رہی تھی؟ ہو سکتا ہے، بدن کا یہی حصہ جسے لڑکیاں پسند نہیں کرتیں، مردوں کو اچھا لگتا ہو۔ جیسے لڑکے ایک دوسرے کے سیدھے اور ستواں بدن کا مذاق اڑاتے ہیں اور نہیں جانتے کہ وہی عورتوں کو اچھا لگتا ہے۔ اس کا یہ مطلب نہیں کہ مرد کو سوکھا سڑا ہونا چاہیے۔ نہیں، ان کا بدن ہو تو اوپر سے پھیلا ہوا۔ مطلب چوڑے کاندھے، جھکی چھاتی اور مضبوط بازو۔ البتہ نیچے سے سیدھا اور ستواں۔

پاپا ایکا ایکی بیچ والے کمرے میں چلے آئے، جہاں میں کھڑی تھی اور خیالوں کا وہ تار ٹوٹ گیا۔ پاپا آج بڑے تھکے تھکے سے نظر آ رہے تھے۔ کوٹ جو وہ پہن کر دفتر گئے تھے، کاندھے پر پڑا ہوا تھا۔ ٹوپی کچھ پیچھے سرک گئی تھی۔ انھوں نے اندر آ کر ایسے کہا ـــ "بیٹیا" اور پھر ٹوپی اٹھا کر اپنے گنجے سر کو کھجایا۔ ٹوپی پر سے رکھنے کے بعد وہ باتھ روم کی طرف چلے گئے۔ جہاں انھوں نے قمیص اتاری۔ ان کی بنیائن پسینے سے پٹی تھی۔ پہلے تو انھوں نے منہ پر پانی کے چھینٹے مارے اور پھر اوپر طاق سے یوڈی کلون نکال کر بغلوں میں لگائی اور ایک نیپکن سے منہ پونچھتے ہوئے لوٹ آئے اور جیسے بے فکر ہو کر خود کو صوفے میں گرا دیا۔ ماں نے پوچھا ـــ "شکنجبین لوگے؟" جس کے جواب میں انھوں نے کہا "کیوں؟ وہسکی ختم ہو گئی؟ ـــ ابھی پرسوں ہی تو لایا تھا، میکن کی بوتل۔"

جب میں بوتل اور گلاس لائی تو ماں اور پاپا آپس میں کچھ باتیں کر رہے تھے۔ میرے آتے ہی وہ خاموش ہو گئے۔ میں ڈر گئی۔ مجھے یوں لگا، جیسے وہ اس بڈھے کی باتیں کر رہے ہیں۔ لیکن نہیں ـــ وہ چچا گووند

کے بارے میں کچھ کہہ رہے تھے۔ آخری بات سے مجھے یہی اندازہ ہوا کہ اندر سے کچھ اور ہیں، باہر سے کچھ اور۔

پھر کھانا وانا — جس میں رات ہو گئی۔ بیچ میں بے موسم کی برسات کا کوئی چھینٹا پڑ گیا تھا اور گھر کے سامنے لگے ہوئے اشوک پیڑ کے پتے، اگرے گرے اور لمبوترے تھے زیادہ ہرے اور چمکیلے ہو گئے تھے۔ سڑک پر کی کمیٹی کی بتی اور اس کی روشنی ان پر پڑتی تھی تو وہ چمک چمک جاتے تھے۔ ہوا ایک ساتھ نہیں چل رہی تھی۔ ایسا معلوم ہوتا تھا کہ وہ جھونکوں میں آ رہی ہے اور جب اشوک کے پتوں پر جھونکا آتا، شاں شاں کی آواز پیدا ہوتی تو یوں لگتا جیسے ستار کا جھالا ہے۔ نانکو — نوکر نے بستر لگا دیا تھا۔ میری عادت تھی کہ ادھر بستر پر لیٹی، اُدھر سو گئی۔ لیکن اُس دن نیند تھی کہ آ ہی نہ رہی تھی۔ شاید اس لیے کہ سڑک پر کی روشنی عین میرے سرہانے پہ پڑتی تھی اور جب میں دائیں کروٹ لیتی تو وہ میری آنکھوں میں کھبنے لگتی۔ میں نے آنکھیں لوٹ کر دیکھا تو بجلی کا بلب ایک چھوٹا سا چاند بن گیا تھا، جس میں ہالے سے باہر کرنیں پھوٹ رہی تھیں۔ میں نے اُٹھ کر بیڈ کو تھوڑا پرے سرکا لیا۔ لیکن اس کے باوجود وہ کرنیں وہیں تھیں۔ فرق صرف اتنا تھا کہ اب وہ خود میرے اپنے اندر سے پھوٹ رہی تھیں۔ آپ تو جانتے ہیں جیوتی شبد ہو جاتا ہے اور شبد جیوتی۔ جبھی وہ کرنیں آواز میں بدل گئیں، اسی بڈھے کی آواز میں!

"دھت!" میں نے کہا اور اسی کروٹ پر لیٹے لیٹے من میں گائتری کا پاٹھ کرنے لگی۔ لیکن وہی کرنیں چھوٹے چھوٹے، گول گول، گدرائے گدرائے بچوں کی شکل میں بدلنے لگیں۔ ان کے پیچھے گبرو جوان کا چہرہ نظر آ رہا تھا،

لیکن دھندلا دھندلا سا جیسے وہ ان بچّوں کا باپ تھا۔ اس کی شکل اس بڈھے سے ملتی جلتی تھی...... نہیں تو......

جبھی اُس نوجوان کی شکل صاف ہونے لگی۔ وہ ہنس رہا تھا۔ اس کی بتیسی کتنی سفید اور پکّی تھی۔ اس نے فوج کے لفٹیننٹ کی وردی پہن رکھی تھی۔ نہیں — پولیس انسپکٹر کی۔ نہیں — سکرٹ، ایوننگ سوٹ، جس میں وہ بے حد خوب صورت معلوم ہو رہا تھا۔ میں نے ٹیچر کا بتایا ہوا نسخہ استعمال کرنا شروع کیا — اپنی نیندیں واپس لانے کے لیے۔ میں فرضی بھیڑیں گننے لگی۔ مگر بے کار تھا، سب کچھ بے کار۔ پرماتما جانے اُس بڈھے نے کیا جادو جگا دیا تھا یا میری اپنی ہی قسمت پھوٹ گئی تھی۔ اچھی بھلی جا رہی تھی، اون کے گولے خریدنے، بیگل کے لیے۔

.... بیگل! دھت... وہ میرا بھائی تھا۔ پھر گولے کی اون کے موٹے موٹے اور بٹے ہوئے دھاگے پتلے ہو گئے۔ مکڑی کے جال کی طرح سے اور میرے دماغ میں الجھ گئے۔ پھر جیسے سب صاف ہو گیا۔ اب سامنے ایک چٹیل سا میدان تھا۔ جس میں کوئی دلی، اڈنار بھیڑیں چرا رہا تھا۔ وہ بش شرٹ پہنے ہوئے تھا — تندرست، مضبوط اور خوب صورت۔ ایک لاابالی پن میں اُس نے شرٹ کے بٹن کھول رکھے تھے اور چھاتی کے بال صاف اور سامنے نظر آ رہے تھے، جن میں سر رکھ کر اپنے دکھڑے رونے میں مزا آتا ہے۔ وہ بھیڑیں کیوں چرا رہا تھا؟ اب بھی مجھے یاد ہے وہ بھیڑیں گنتی میں تہتر تھیں۔ میں سو گئی۔

مجھے کچھ — ہوگیا۔ نہ صرف یہ کہ میں بار بار خود کو آئینے میں دیکھنے لگی بلکہ ڈرنے بھی۔ بچے بری طرح میرے پیچھے پڑے ہوئے تھے اور میں پکڑے جانے کے خوف سے کانپ رہی تھی۔ گھر میں میرے رشتے کی باتیں چل رہی تھیں۔ روز کوئی نہ کوئی دیکھنے دکھانے کو چلا آتا تھا۔ لیکن مجھے ان میں سے کوئی بھی پسند نہ تھا۔ کوئی ایسے ہی مرام نکلا تھا اور کوئی تندرست بھی تھا تو اس نے کنویکس شیشوں والی عینک پہن رکھی تھی۔ اس نے صاحب کیمسٹری میں ڈاکٹریٹ کی ہے — کی ہوگی۔ نہیں چاہیے کیمسٹری۔ ان میں سے کوئی بھی تو نہیں تھا، جو میری نظر میں جچ سکے۔ جواب تک میری نہیں، اُس بڈھے کی نذر ہو چکی تھی۔ میں نے دیکھا، اب سینما تماشے میں جانے کو بھی میرا من نہ چاہتا تھا، حالانکہ شہر میں کئی نئی اور اچھی پکچریں لگی تھیں اور وہی ہیرو لوگ ان میں کام کر رہے تھے، جو کل تک میرے چہیتے تھے۔ لیکن اب ایکا ایکی وہ مجھے سسی دکھائی دینے لگے۔ وہ ویسے ہی پیڑ کے پیچھے سے گھوم کر لڑکی کے پاس آتے تھے اور عجیب طرح کی زنانہ حرکتیں کرتے ہوئے اسے لبھانے کی کوشش کرتے تھے۔ کھلا مرد ایسے تھوڑے ہوتے ہیں؟ عورت کے پیچھے بھاگتے ہوئے... اُسے موقع ہی نہیں دیتے کہ وہ ان کے نیلے روئے اتر پڑے۔ حد ہے نا؟ مرد ہی نہیں جانتے کہ مرد کیا ہے؟ ان میں سے ایک بھی تو میری کسوٹی پہ پورا نہ اترتا تھا — جو میری کسوٹی بھی نہ تھی۔

انہی دنوں میں نے اپنے آپ کو کوپریج کے میدان میں پایا جہاں ہند اور پاکستان کے بیچ ہاکی میچ ہو رہا تھا۔ پاکستان کے گیارہ کھلاڑیوں میں سے کم از کم چار پانچ تو ایسے تھے جو نظروں کو لوٹے لیتے تھے۔ ادھر ہند کی

ٹیم میں اتنے ہی — چار پانچ، جن میں سے دو سکھ تھے۔ چار پانچ ہی کیوں؟ — مجھے ہنسی آئی —— پاکستان کا سنٹر فارورڈ عبدالباقی —— کیا کھلاڑی تھا۔ اس کی ہاکی کیا تھی، چمبک پتھر تھی جس کے ساتھ گیند چمٹا ہی رہتا تھا۔ یوں پاس دیتا تھا جیسے کوئی بات ہی نہیں۔ چلتا تو یوں جیسے نو مینز لینڈ میں جا رہا ہے۔ ہندوستانی سائیڈ کے گول پر پہنچ کر ایسا زبردست نشانہ بٹھاتا کہ گولی کی سب محنتیں بے کار، گیند پوسٹ کے پار —— گول! تماشائی شور مچاتے۔ بمبئی کے مسلمان نعرے لگاتے، بغلیں بجاتے۔ یہی نہیں، آتری بھارت کے ہندوستانی بھی ان کے ساتھ شامل ہو جاتے۔ ہندوستانی ٹیم کا تننگار آنند تھا — کیا کار نر لیتا تھا۔ جب اس نے گول کیا تو اس سے بھی زیادہ شور ہوا۔ اب دونوں طرف کے فاؤل کھیلنے لگے۔ وہ آزادانہ ایک دوسرے کے ٹخنے، گھٹنے توڑنے لگے لیکن میچ چلتا رہا۔

پاکستانی ٹیم ہندوستان پر بھاری تھی۔ ان میں سے کسی کے ساتھ لو لگانا بھی ٹھیک نہ تھا۔ جات نہ جانت، وہ ہمارے دیس کے بھی نہ تھے لیکن ہر وہ چیز انسان کو ایکسائٹ کرتی ہے، جسے کرنے سے اُسے منع کیا جائے۔ ہندو لڑکی کسی مسلمان کے ساتھ شادی کر لیتی ہے یا مسلمان یا سکھ کے ساتھ بھاگ جاتی ہے تو کیا شور مچتا ہے۔ کوئی نہیں پوچھتا تو اس لڑکی سے کہ اسے کیا تکلیف تھی۔ چاہے وہ لڑکی خود ہی بعد میں کہے — کیا ہندو، کیا مسلمان اور کیا سکھ۔ سب ایک ہی سے کمینے ہیں۔ ہندوستانی ٹیم میں ایک اسٹینڈ بائی تھا جو سب سے زیادہ خوبصورت تھا اور گبھرو جوان..... اسے کھلا کیوں نہیں رہے تھے؟

کھیل کے بعد جب میں آٹو گراف لینے کے لیے کھلاڑیوں کے پاس گئی تو اپنی کاپی اس اسٹینڈ بائی کے سامنے بھی کر دی جس سے وہ بہت حیران ہوا۔ وہ تو کھیلا ہی نہ تھا۔ میں نے اس سے کہا — تم کھیلو گے۔ ایک دن کھیلو گے۔ کوئی بیمار پڑ جائے گا، مر......تم کھیلو گے۔ سب کو مات دو گے۔ ٹیم کے کیپٹن ہو گے!

اسٹینڈ بائی کا تو جیسے دل پگھل کر باہر آ گیا۔ نم آنکھوں سے اُس نے میری طرف دیکھا جیسے میں جو کچھ کہہ رہی ہوں، وہ بھوشن وانی ہے!..... اور وہ تھی بھی کیوں کہ وہ سب کچھ میں تھوڑے کہہ رہی تھی؟ میرے اندر کی کوئی چیز تھی جو مجھے مجبور کر رہی تھی وہ سب کہنے کو۔ پھر میں نے اسے چائے کی دعوت دی، جو اس نے مان لی اور میں اسے ساتھ لے کر گیلارڈ پہنچ گئی۔ جب میں اس کے ساتھ چل رہی تھی تو ایک سنسناہٹ تھی جو میرے پورے بدن میں دوڑ دوڑ جاتی تھی۔ کیسے ڈر خوشی ہو جاتا ہے اور خوشی ڈر۔ میں نے چندیری کی جو ساری پہن رکھی تھی، بہت پتلی تھی۔ مجھے شرم آ رہی تھی اور شرم کے بیچ میں ایک مزا۔ کبھی کبھی مجھے یاد آتا تھا اور پھر بھول بھی جاتی تھی کہ لوگ مجھے دیکھ رہے ہیں۔ آخر دنیا میں کوئی نہیں تھا، میرے اور اُس اسٹینڈ بائی کے سوا جس کا نام ہے کشن تھا لیکن اُسے سب پردنٹو کے نام سے پکارتے تھے۔

جبھی ہم دونوں گیلارڈ پہنچ گئے، اور ایک سیٹ پر بیٹھ گئے۔ ایک دوسرے کے وجود سے ہم دونوں جیسے شرابی ہو گئے تھے۔ ہم ساتھ لگ کے بیٹھے تھے کہ پرے ہو گئے اور پھر ساتھ لگ کر بیٹھ گئے۔ بدنوں میں سے کوئی بو مہک رہی تھی — سوندھی سوندھی جیسے تنور میں پڑی ہوئی

رولٹ سے اُٹھتی ہے۔ میں چاہتی تھی کچھ ہوجائے ہم دونوں کے بیچ — پیار، جیسے پیار کوئی آلاکارت ڈِش ہوتی ہے۔ چائے آئی جسے پیتے ہوئے میں نے دیکھا کہ وہ چور نظروں سے مجھے دیکھ رہا ہے — میرے بدن کے اس حصے کو جہاں اُس بڈھے کی نظریں ٹکی تھیں۔ وہ بڈھا تھا؟ ماں نے کہا تھا— مرد سب ایک ہی سے ہوتے ہیں، کیا جوان اور کیا بڈھے؟

ہوسکتا تھا ہماری بات آگے بڑھ جاتی۔ لیکن پردنٹو نے سب بنٹا ڈھار کردیا۔ پہلے اس نے میرا ہاتھ اپنے ہاتھ میں لیا اور اسے دبادیا جسے میں پیار کی بارہ کھڑی سمجھی۔ لیکن اس کے بعد وہ سب کی نظریں بچا کر اپنا ہاتھ میرے شریر کے اُس حصے پہ دوڑانے لگا، جہاں عورت مرد سے جدا ہونے لگتی ہے۔ میرے تن بدن میں کوئی آگ سی لپک آئی اور آنکھوں سے چنگاریاں چھوٹنے لگیں — نفرت کی، محبت کی۔ میرا چہرہ لال ہونے لگا۔ میں باتیں بدلنے لگی۔ میں نے اس کا ہاتھ جھٹکا تو اس نے مایوس ہوکر، رات بیک بے میں ملنے کی دعوت دی، جسے فوراً مانتے ہوئے میں نے ایک طرح سے انکار کردیا۔ وہ 'مجھے' عورت کو بالکل غلط سمجھ گیا تھا، جو ڈھرّے پر تو آتی ہے مگر سیدھے نہیں۔ اس کی تو گالی بھی سیدھی نہیں ہوتی۔ بے حیا مرد کی گالی کی طرح۔ اس کا سب کچھ گول گول ہوتا ہے، ٹیڑھا ٹیڑھا۔ روشنی سے وہ گھبراتی ہے۔ اندھیرے سے اسے ڈر لگتا ہے۔ آخر اندھیرا رہتا ہے نہ ڈر کیوں کہ وہ ان آنکھوں سے پرے، ان روشنیوں سے پرے ایک ایسی دنیا میں ہوتی ہے جو بالغوں کی دنیا یوگ کی دنیا ہوتی ہے جسے آنکھوں کے بیچ کی تیسری آنکھ ہی گھور سکتی ہے۔

گیلارڈ سے باہر نکلے تو میرے اور پردنٹو کے بیچ سوائے تندرستی کے

اور کوئی بات سانجھی نہیں رہ گئی تھی۔ میرے کھسیائے ہونے سے وہ بھی کچھ کھسیا چکا تھا۔ جبھی سڑک پر جاتی ہوئی ایک ٹیکسی کو میں نے روکا۔ پردنٹو نے بڑھ کر میرے لیے دروازہ کھولا اور میں لپک کر اندر بیٹھ گئی۔

"بیک بے" پردنٹو نے مجھے یاد دلایا۔

میں نے طوطے کی طرح سے رٹ دیا — "بیک بے۔" اور ٹیکسی ڈرائیور کی طرف منہ موڑتے ہوئے بولی — "ماہم۔"

ڈرائیور نے پیچھے میری طرف دیکھا۔ اس کے چہرے پر حیرانی تھی۔

"بیک بے نہیں؟" وہ بولا۔

"نہیں۔" میں نے کرخت سی آواز میں جواب دیا — "ماہم"

"آپ تو ابھی...."

"چلو، جہاں میں کہتی ہوں۔"

ٹیکسی چلی تو پردنٹو نے میری طرف ہاتھ پھیلایا جو اتنا لمبا ہو گیا کہ محمد علی روڈ، بھائی کھلہ، پریل، دادر، ماہم، سٹیلا دیوی ٹمپل روڈ تک میرا پیچھا کرتا، مجھے گدگداتا رہا۔ آخر میں گھر پہنچ گئی۔

اندر، یادو بھیا ایک جھٹکے کے ساتھ بھابی کے پاس سے اٹھے۔ میں سمجھ گئی کیونکہ ان کا کڑا حکم تھا کہ میرے سامنے وہ اکٹھے نہ بیٹھا کریں — "گھر میں جوان لڑکی ہے۔"

میں نے لپک کر بندو کو جھولے میں سے اُٹھایا اور اس سے کھیلنے لگی۔ بندو مجھے دیکھ کر مسکرائے۔ ایک پل کے لیے تو میں گھبرا گئی — جیسے اُسے سب کچھ معلوم تھا۔ کچھ لوگ کہتے بھی ہیں کہ بچوں کو سب پتہ ہوتا ہے۔ صرف وہ کہتے نہیں۔

گھر میں گووند چاچا بھی تھے جو پاپا کے ساتھ اسٹڈی میں بیٹھے تھے اور ہمیشہ کی طرح سے ماں کی جان ناک میں کیے ہوئے تھے۔ عجیب تھا دیور بھابی کا یہ آپسی رشتہ۔ جب ملتے تھے ایک دوسرے کو آڑے ہاتھوں لیتے تھے۔ لڑنے جھگڑنے، گالی گلوج کے سوا کوئی بات ہی نہ ہوتی۔ پاپا ان کی لڑائی میں کبھی دخل نہ دیتے تھے۔ وہ جانتے تھے نا کہ ایک روز کی بات ہو تو کوئی بولے بکے بھی۔ لیکن روز روز کا یہ جھگڑا کون مٹائے؟ اور وہ سب ٹھیک ہی تو تھا کیوں کہ اس ساری لے دے کے باوجود ماں اتنا سا بھی بیمار ہوتی تو ہمیشہ گووند ہی کو یاد کرتی۔ اور بھی تو دیور تھے ماں کے، جن کے بیچ "پائے لاگن" اور "جیتے رہو" کے سوا کچھ نہ ہوتا تھا۔ وہ ماں کو تحفوں کی گھوس بھی دیتے تھے لیکن وہاں کوئی فرق نہ پڑتا تھا۔ دینا تو ایک طرف گووند چاچا ماں کو ٹھگتے ہی رہتے تھے لیکن اس پر بھی وہ اسے سب سے سوا سمجھتی تھی۔ اور وہ لے کر الٹا ماں کو یہ احساس دلاتے تھے جیسے اس کے رشتوں پہ کوئی احسان کر رہے ہیں۔ کئی بار ماں نے کہا ــــ گووند اس لیے اچھا ہے کہ اس کے دل میں کچھ نہیں۔ اور پاپا جواب میں ہمیشہ یہی کہتے تھے ــــ دماغ میں بھی کچھ نہیں۔ اور ماں اس بات پر لڑنے، مرنے مارنے پر تیار ہو جاتی۔ اور جب وہ گووند چاچا سے اپنی دیورانی کے بارے میں پوچھتی ــــ تم اجیتا کو کیوں نہیں لاتے؟ تو یہی جواب ملتا ــــ کیا کروں لاکر؟ پھر تم سے اس کی چوٹی کھنچوانا ہے؟ جلی کٹی سنوانا ہے؟ ..... ماں جواب میں گالیاں دینے لگتی، گالیاں کھاتی اور چاچا کے چلے جانے کے بعد دھاڑیں مار کر روتی اور پھر کہتی ــــ کہاں ہے گووندا؟ اسے بلاؤ۔ میرا تو اس گھر میں دہی ہے۔ اپنے پاپا

کا کیا پوچھتی ہو؟ وہ تو ہیں ہی بھولے مہیش، گوبر گنیش۔ ان کے تو کوئی بھی کپڑے اتروا لے..... اور یہ میں نے ہر جگہ دیکھا ہے، ہر بیوی اپنے میاں کو بہت سیدھا، بہت بے وقوف سمجھتی ہے۔ اور وہ چپ رہتا ہے۔ شاید اسی میں اس کا فائدہ ہے۔

اس دن گووند چاچا ڈائرکٹر جنرل شپنگ کے دفتر میں کام کرنے والے کسی مسٹر سولنکی کی بات کر رہے تھے اور اصرار کر رہے تھے — "میری بات آپ کو ماننا پڑے گی۔"

"تم بجنس مین ہوتا" ماں کہہ رہی تھی۔ "اس میں بھی کوئی سوارتھ ہوگا تمھارا۔"

اس پر گووند چاچا جل بھن گئے۔ چلاتے ہوئے انھوں نے کہا۔ "تم کیا سمجھتی ہو، کامنی تمھاری بیٹی ہے، میری نہیں ہے؟"

جب مجھے پتہ چلا کہ وہ مسٹر سولنکی کے لڑکے کے ساتھ میرے ہی رشتے کی بات چل رہی ہے اور اس کے بعد کنڈم اسپنڈل کی طرح سے اور بھی دھاگے کھلنے لگے، جن کا مجھے آج تک پتہ نہ تھا۔ گووند چاچا کے منہ پر جھاگ تھے اور وہ بک رہے تھے۔ "تو... تو نے اجیتا کے ساتھ میری شادی کر دی، میں نے آج تک چوں چرا کی؟ .... کہتی ہے، میری مائیکے سے ہے، دور کے میرے ماما کی لڑکی ہے — یہ بڑی بڑی آنکھیں۔ اب ان آنکھوں کو کہاں رکھوں؟ بولو — کہاں رکھوں؟ زندگی کیا آنکھوں سے بناتے ہیں؟ وہی آنکھیں اب وہ مجھے دکھاتی ہے۔ اور تو اور تمھیں بھی دکھانی ہے۔"

پہلی بار میں نے گووند چاچا کا بریک ڈاؤن دیکھا۔ میں سمجھتی تھی وہ آدرشس آدمی ہیں اور اجیتا چاچی سے پیار کرتے ہیں۔ آج یہ راز بھی

کھلا کہ ان کے ہاں بچہ کیوں نہیں ہوتا۔ کینٹپ نیوجن تو ایک نام تھا۔

ماں نے کہا — "کامنی تمھاری بیٹی ہے۔ اسی لیے تو نہیں چاہتی اسے کسی بھی کھڈے میں پھینک دو۔"

میرا خیال تھا کہ اس پر ادر تو تو میں میں ہوگی۔ ادر گووند چاچا بائیں بازو کی پارٹی کی طرح سے واک آؤٹ کر جائیں گے۔ لیکن وہ اُلٹا قسمیں کھانے لگے — "تمھاری سوگند بھابی۔ اس سے اچھا لڑکا تمھیں نہ ملے گا۔ وہ بڑودہ کی سنٹرل ریلوے ورکشاپ میں فورمین ہے۔ بڑی اچھی تنخواہ پاتا ہے۔"

میں سب کچھ سُن رہی تھی اور اپنے آپ میں جھلا رہی تھی۔ لڑکا اچھا ہے، تنخواہ اچھی ہے لیکن شکل کیسی ہے، عقل کیسی ہے، عمر کیا ہے؟ اس کے بارے میں کوئی کچھ کہتا ہی نہیں۔ فورمین بنتے بنتے تو برسوں لگ جاتے ہیں۔ یہ ہمارا دیس، پچاس سال کا مرد بھی بیاہنے آئے تو یہاں کی بولی میں اُسے لڑکا ہی کہتے ہیں۔ اس کی صحت کیسی ہے۔ کہیں انٹلیکچویل تو نہیں معلوم ہوتا۔ جبھی مجھے پرونتو کا خیال آیا۔ جو اس وقت بیک بے پر میرا انتظار کر رہا ہوگا — اسٹینڈ بائی! جو زندگی بھر اسٹینڈ بائی ہی رہے گا۔ کبھی نہ کھیلے گا۔ اُسے کھیل آتا ہی نہیں۔ اس میں صبر ہی نہیں۔ پھر مجھے اس غریب پر ترس آنے لگا۔ جی چاہا بھاگ کر اس کے پاس چلی جاؤں۔ اسے تو میں نے دیکھا اور پسند بھی کیا تھا، لیکن اس فورمین کو جو بیک گراؤنڈ میں کہیں مسکرا رہا تھا۔

پھر جیسے من کے اندھیرے میں مچھر بھنبھنانے لگے۔ مس گیتا سے مسز سولنکی کہلاؤں تو کیسی لگوں گی — بکواس!

گووند چاچا کہہ رہے تھے — لڑکا تن کا اُجلا ہے، من کا اُجلا ہے۔

اس کی آتما کتنی اچھی ہے اس کا اس بات سے پتہ چلتا ہے کہ وہ بچوں سے پیار کرتا ہے، بچے اُس پر جان دیتے ہیں اس کے اردگرد منڈلاتے ——
ہی ہی، ہو ہو، ہا ہا کرتے رہتے ہیں اور وہ بھی ان کے ساتھ غی غی، غُوغُو، غاں غاں ——

بس.... میں اندر کے کسی سفر سے اتنا تھک چکی تھی کہ رات مجھے بھیڑیں گننے کی بھی ضرورت نہ پڑی. ایک سپاٹ، بے رنگ، بے خواب سی نیند آئی مجھے، جو لمبے رت جگوں کے بعد آتی ہے.

دو ہی دنوں میں وہ لڑکا گھر پہ موجود تھا۔ ارے؟.... میرے سب اندازے کتنے غلط نکلے. وہ ہاکی ٹیم کے لڑکوں، کیا کھیلنے والے اور کیا اسٹینڈ بائی. ان سب سے زیادہ گبھرو، زیادہ جوان تھا۔ اس نے صرف کسرت ہی نہ کی تھی، آرام بھی کیا تھا۔ اس کا چہرہ اندر کی گرمی سے تمتمایا ہوا تھا اور رنگ کندنی تھا —— میری طرح. مضبوط دہانہ، مضبوط دانتوں کی بیڑھ۔ جیسے بے شمار گنے چوسے ہوں، گاجر مولیاں کھائی ہوں شاید کچے شلغم بھی۔ وہ گھبرا رہا تھا ایک طرف اور اپنی گھبراہٹ کو بہادری سے چھپا رہا تھا دوسری طرف. آتے ہی اس نے مجھے نمستے کی، میں نے جواب میں کرڈالی. ماں کو پرنام کیا۔ جب وہ میری طرف نہ دیکھتا تھا تو میں اسے دیکھ لیتی تھی۔ یہ اچھا ہوا کسی کو پتہ نہ چلا۔

میری ٹانگیں کپکپانے لگی ہیں۔ دل دھڑام سے شریر کے اندر ہی کہیں نیچے گر گیا ہے۔ آج کل کی لڑکی ہونے کے ناتے مجھے ہسٹریا کا ثبوت نہ دینا تھا، اس لیے ڈٹی رہی۔ بیچ میں مجھے خیال آیا ایسے ہی بے کار کی بغاوت کر دی ہے میں نے تو اپنے بال بھی نہیں بنائے۔

اس کے ساتھ اس کی ماں بھی آئی تھی اور بچھی جا رہی تھی، جیسے بیٹوں کی شادی سے پہلے مائیں بچھتی ہیں۔ مجھے تو ایسے لگا جیسے وہ لڑکا نہیں، اس کی ماں مجھ پہ مرمٹی ہے اور جانے مجھ میں اپنے ہوش کا کیا دیکھ رہی ہے؟ اس کی اپنی صحت بہت خراب تھی اور وہ اپنی کبھی کی خوبصورتی اور تندرستی کی باتیں کرکے اپنے بیٹے کے لیے مجھے مانگ رہی تھی۔ یوں معلوم ہوتا تھا جیسے اسے اپنے "مال" پر بھروسہ نہیں .... وہ بھکارن! کہہ رہی تھی لڑکوں کی خوبصورتی کس نے دیکھی ہے؟ لڑکے سب خوبصورت ہوتے ہیں۔ بس اچھے گھر کے ہوں، کماؤ ہوں ..... اور وہ اپنی ماں کی طرف یوں دیکھ رہا تھا جیسے وہ اس کے ساتھ کوئی بہت بڑا ظلم کر رہی ہے۔ میری ماں کے کہنے پر وہ کچھ شرماتا ہوا میرے پاس آکے بیٹھ گیا اور "باتیں کرو" کے حکم سے مجھ سے باتیں کرنے لگا۔ پہلے تو میں چپ رہی اور جب بولی تو صرف یہ ثابت ہوا کہ میں گونگی نہیں ہوں۔ سفید قمیص، سفید پتلون اور سفید ہی بوٹ پہنے وہ کرکٹ کا کھلاڑی معلوم ہو رہا تھا۔ وہ کپتان نہیں تو بیٹس مین ہوگا، نہیں بولر .... بولر، جو تھوڑا پیچھے ہٹ کر آگے آتا ہے۔ اور بڑے زور کے سپن سے گیند کو پھینکتا ہے اور وکٹ صاف اڑ جاتی ہے۔ ہاں بیٹس مین اچھا ہو تو چوکسی کے ساتھ گیند کو باؤنڈری سے بھی پرے پھینک دیتا ہے، نہیں تو خود ہی آؤٹ۔

ماں کے اشارے پہ میں نے اس سے پوچھا "آپ چائے پئیں گے؟"

"جی؟" اس نے چونک کر کہا اور پھر جیسے میری بات کہیں بھوگول کا چکر کاٹ کر اس کے دماغ میں لوٹ آئی اور وہ بولا "آپ پئیں گی؟"

میں ہنس دی — "میں نہ پیوں گی تو کیا آپ نہیں پئیں گے؟"

"آپ پئیں گی تو میں بھی پی لوں گا۔"

میں حیران ہوئی۔ کیوں کہ وہ بھی ایسا ہی تھا جیسے میرے پاپا —— ماں کے سامنے۔ لیکن ایسا تو بہت بعد میں ہوتا ہے، یہ شروع ہی میں ایسا ہے۔

چائے بنانے کے لیے اٹھی تو سامنے آئینے پر میری نظر گئی — وہ مجھے جاتے دیکھ رہا تھا۔ میں نے ساری سے اپنے بدن کو چھپایا۔ اور پھر مجھے اس بڈھے کے الفاظ یاد آگئے —— "آج کل یہاں چور آئے ہوئے ہیں... دیکھنا کہیں پولیس تمھیں ہی پکڑ کر نہ لے جائے۔"

بس، کچھ ہی دنوں میں میں پکڑی گئی۔ شادی ہوگئی میری۔ میرے گھر کے لوگ —— یوں تو بڑے آزاد خیال ہیں، لیکن دیدے پہ بٹھاتے ہوئے انھوں نے جیسے مجھے بوری میں ڈال رکھا تھا تاکہ میرے ہاتھ پاؤں پر کسی کی نظر ہی نہ پڑے۔ میں پردے کو پسند کرتی ہوں، لیکن ایک حد تک۔ مثلاً گھونگھٹ مجھے بڑا اچھا لگتا ہے لیکن صرف اتنا جس میں دکھائی

بھی دے اور شرم بھی رہے۔ زندگی میں ایک ہی بار تو ہوتا ہے کہ وہ دبے پاؤں آتا ہے اور کانپتے ہاتھوں سے اس گھونگھٹ کو اٹھاتا ہے جسے بیچ میں سے ہٹائے بنا پرماتما بھی نہیں ملتا۔

شادی کے ہنگامے میں میں نے تو کچھ نہیں دیکھا —— کون آیا، کون گیا؟ بس چھوٹے سولنکی میرے من میں سمائے ہوئے تھے۔ میں نے جو بھی کپڑا، جو بھی زیور پہنا تھا، جو بھی افشاں چُنی تھی، انہی کی نظروں سے دیکھ کر۔ جیسے میری اپنی نظریں ہی نہ رہی تھیں۔ میں سب سے بچنا، سب سے چھپنا چاہتی تھی۔ تاکہ صرف ایک کے سامنے کھل سکوں، ایک پہ اپنا آپا وار سکوں۔ جب برات آئی تو میری فرینڈز نے بہت کہا —— بالکونی پہ آجاؤ، برات دیکھ لو۔ لیکن میں نے ایک ہی نہ پکڑ لی۔ میں نے ایک روپ دیکھا تھا، جس کے بعد کوئی دوسرا روپ دیکھنے کی ضرورت ہی نہ تھی۔

آخر میں نے سسرال کی چوکھٹ پر قدم رکھا۔ سب میرے سواگت کے لیے کھڑے تھے۔ گھر کی عورتیں، مرد۔۔۔۔ بچوں کی ہنسی سنائی دے رہی تھی اور وہ مجھے گھونگھٹ میں سے دھندلے دھندلے دکھائی دے رہے تھے۔ سب رسمیں ادا ہوئیں جیسی کہ ہر شادی میں ہوتی ہیں۔ لیکن جانے کیوں مجھے ایسا لگتا تھا جیسے میری شادی اور ہے، میرا گھونگھٹ اور، میرا بر اور۔ گھر کے ایشٹ دیو کو ماتھا ٹکانے کے بعد میری ساس مجھے اپنے کمرے میں لے گئی

تاکہ میں اپنے سسر کے پاؤں چھوؤں، ان سے اسیس لوں۔ کچھ اور شرماتے، کچھ اور سر جھکاتے ہوئے میں نے ان کے چرنوں کو ہاتھ لگایا۔ انھوں نے میرے سر پر ہاتھ رکھا اور بولے ——

"سو تم —— آگئیں، بیٹی؟"

میں نے تھوڑا چونک کر اس آواز کے مالک کی طرف دیکھا اور ایک بار پھر ان کے قدموں پر سر رکھ دیا۔ کچھ اور بھی آنسو ہوتے تو میں ان قدموں کو دھو دھو کر پیتی۔

جنازہ کہاں ہے

کہیں سے سسکیوں کی آواز آ رہی ہے۔ کہیں کوئی رو رہا ہے اور میں گھبرا کر جاگ اٹھتا ہوں ... اس وقت صبح کے ساڑھے تین بجے ہیں...

نہیں تو۔ میرا لڑکا تو سو رہا ہے۔ شاید ... میں اس کے بیڈروم میں جا کر اپنا کان اس کے منہ کے پاس لے جاتا ہوں۔ وہ سو رہا ہے، مزے کی نیند۔ پھر یہ کس کے رونے، کس کے سسکیاں لینے کی آواز ہے؟ ایسی ہی ایک آواز بلکہ آوازیں میں نے برسوں پہلے سنی تھیں۔ وہ دن، وہ قہر کا عالم، آپ کو بھی یاد ہوگا' جب دن کو سورج ڈوبا تھا اور ہر چہار سُو سے ہائے ہائے کی آوازیں سُنائی دے رہی تھیں۔ جب گاندھی جی کا قتل ہوا تھا۔

یہ آواز ــــ کہیں خفتی، میری بیوی کی تو نہیں؟ نہیں اس کی آواز کیسے ہو سکتی ہے یہ؟ وہ تو یہاں بمبئی سے ہزار میل دور پنجاب کے کسی گاؤں میں بیٹھی ہے۔ اپنے بھائی کے پاس۔ ہو سکتا ہے، ہو سکتا ہے یہ

اسی کی آواز ہو جو زمان و مکان کی وسعتوں کو چیرتی پھاڑتی ہوئی میری سائیکی میں چلی آئی ہو، کیوں کہ میں نے قریب قریب اُسے چھوڑ رکھا ہے۔ میں کیا کرتا؟ وہ بہت زیادہ بکواس کرنے لگی تھی اور سوال سے پہلے ہی جواب دینے لگتی تھی۔ اس لیے میں نے اُس کا نام خفتی رکھ دیا تھا۔ حالانکہ وہ دلاری ہے، ایک سیدھی سادی گھریلو عورت۔ لیکن کیا آج کی عورت کے لیے صرف گھریلو ہونا کافی ہے؟

گھریلو عورت!... گھریلو عورت وہی ہوتی ہے نا جو گھر ہی میں رہے۔ میاں کے لیے روٹیاں پکائے۔ سفر سے اُس کی واپسی پر اُس کے بوٹ کے تسمے کھولے، اس کا بستر بچھائے اور اشارہ پاتے ہی اس پہ چلی آئے۔ نتیجہ؟— بچے، پھر اور بچے۔ لیکن باہر کی ہوا اسے نہ لگنے پائے، جس سے پھپھوندی لگ جائے۔ جب اسے اور کوئی دکھائی ہی نہیں دیتا تو کیا وہ دیواروں سے لڑے گی، دروازوں سے ٹکرائے گی؟ کچھ دن کے بعد یوں معلوم ہوگا، جسے آپ نے عورت سمجھ کر شادی کی تھی، وہ پھپھوندر نکلی۔ آج کی بیوی... جانے کیا ڈر بیٹھ گیا ہے اس کے دل میں کہ وہ دنیا کی ہر بگڑی بات کے لیے خود کو دوشی سمجھنے لگی ہے، ورنہ ہر بات میں وہ یوں مداخلت پر اتر آئے؟ اور اب جب کہ عاجز آکر میں نے اس سے کنارہ کشی کرلی ہے تو وہ گاؤں میں بیٹھ کر اپنی یا میری جان کو رو رہی ہے۔ کیوں نہ روئے؟ ہم مرد بھی تو ہر بار کسی 'تازہ عورت' کے پیچھے بھاگنے لگتے ہیں۔ تازہ، جیسے وہ عورت نہیں 'بھنڈی' ہے۔ ہم ایسا کیوں کرتے ہیں؟ شاید اس لیے کہ بچپن سے ہی ہم نے تجرّد پہ لکچر سنے ہیں اور جب شادی ہوئی تو بیوی کے ساتھ پیار کرنے پر کانپے

ہیں ... خیر، میں بھی اس تازہ عورت کے ساتھ راس رچاکر اس کے بارے میں اپنے سے سوال کرتا ہوں۔ کیا یہ بیوی کے فرائض انجام دے سکتی ہے ؟ تو اندر سے ایک مسکت جواب آتا ہے۔ نہیں۔ تو پھر ؟ اگر میری بیوی کو اتنا ہی دکھ ہے تو وہ مجھے لکھتی کیوں نہیں ؟ شاید وہ دنیا کی ہر بیوی کی طرح سمجھتی ہے کہ ایک دن میں جھک مار کے آؤں گا اور اس کے پاؤں پڑکر اسے منا کے لے جاؤں گا۔ عجیب بھونڈا اعتماد ہے اسے میری محبت پہ ... جیسے اس دنیا میں نہ کوئی کلب ہے نہ سینما، تماشا نہ ہوٹل نہ قحبہ خانہ۔ نہیں، شاید مجھ سے خلاصی پاکر وہ خوش ہو، ہنستی ہو، ہوسکتا ہے میں نے اُسے نہیں، اُسی نے مجھے چھوڑ دیا ہو۔ ہوسکتا ہے اس کا رونا دھونا میرا وہم ہو اور یا پھر خواہش ہو میری ہی ....

ارے کہیں میں خود تو نہیں رو رہا ؟ یہ جنھیں میں سانس سمجھ رہا ہوں، کہیں میری اپنی ہی سسکیاں تو نہیں ؟ شاید ... کیا بے ہودگی ہے۔ معلوم ہوتا ہے میں خبط الحواسی کا مریض ہوگیا ہوں ...

عجیب جذبے ہیں، عجیب خواہشیں اور ان سے زیادہ عجیب ڈر۔ مثلاً کل ہی شام میں نے چند البیلوں کے ساتھ کوکا داچینی ریستوران میں کھانا کھایا۔ ہم اپنے سیٹلمنٹ آفس کے کچھ دوست، پرتگیز چرچ کے سایے تلے، ایک موٹی گوانی عورت کے گھر میں ملے جو چوری کی شراب بیچتی تھی۔ اس نے ہمیں بڑی تیز میسرا پلائی اور میرے دوست نندلال کے ہاتھ کچھ اسمگل کی ہوئی گھڑیاں بیچ دیں۔ میں نے صرف ایک سگریٹ لائٹر خریدا۔ وہ تو نندلال کو ایسا سونا بھی بیچ دیتی۔ مگر اس غریب کے پاس صرف پانچ سو روپے تھے جو آج دفتر میں ایک ریفیوجی بڑھیا کا

کیس "ٹھیک" کرنے کے سلسلے میں اس نے اینٹھے تھے۔ بہرحال میرا سے رخصت ہو کر ہم نے اپنے ایک گجراتی دوست سے کار مانگی جو اس نے کسی سفارت خانے کی معرفت امپورٹ کی تھی۔ اگر وہ کسی کے نام پر گاڑی خرید سکتا تھا، تو کیا ہم اس کے نام پہ اسے چلا بھی نہ سکتے تھے؟ چنانچہ ہم سب بے کار دوست اس گجراتی کی کالی چمکیلی گاڑی میں بیٹھ کر چلے۔ راستے بھر ہمیں ایک پل کے لیے بھی محسوس نہ ہوا کہ وہ گاڑی ہماری اپنی نہیں ہے۔ کوکا دا پہنچے تو اندر داخل ہوتے ہی سب سے پہلے بیرے نے مجھے سلام کیا، جس سے ایک عجیب سی گدگدی میرے اندر پیدا ہوئی کیوں کہ میں سلام لینے کا نہیں، دینے کا عادی تھا۔ کھانے میں ہم نے شارک فن ملے ہوئے کیکڑے کا سوپ پیا، جس سے مردمی بڑھتی ہے۔ پھر بھنے ہوئے چاولوں کے ساتھ ہم نے کھٹی میٹھی جھینگا مچھلی کھائی اور دوسرا بہت کچھ الم غلم۔ اس پہ نندلال نے نوڈل کا آرڈر دے دیا۔ ہم سب کا پیٹ پھٹ رہا تھا، اس پہ بھی اس نے نوڈل کیوں منگوا لیے؟ اب ہمارے سامنے وہ نوڈل بے شمار کینچوؤں کی طرح پڑے تھے اور ہم انھیں کھا نہ سکتے تھے۔ لیکن نندلال کو ایک عجیب طرح کی تسلی تھی۔ یہ گھر پہنچ کر ہماری سمجھ میں آیا کہ ہم نے اس قدر پیٹ کیوں ٹھونسا؟ اتنا جھوٹا کیوں چھوڑا؟ بات یہ تھی، صبح میں نے نندلال نے اور دوسرے میرے سب دوستوں نے بہار میں اور یو پی کے کچھ ضلعوں میں سوکھے کی خبریں پڑھی تھیں اور وہ تصویر بھی دیکھی تھی، جس میں ایک ڈھانچہ سا لڑکا کھڑا کسی پیڑ کی چھال کھا رہا تھا۔ اسی بھوک کے خیال نے شاید ہمارے دماغ میں کوئی ادنٹ کا سا کوہان پیدا کر دیا، جسے ہم نے ہفتوں کے کھانے سے بھر لیا۔

یہ سب کیا ہو رہا ہے؟ کیوں ہو رہا ہے؟ خفتی جانے سے دو دن پہلے مجھ سے لڑی تھی۔ ہمارا جس بات پہ جھگڑا ہوا وہ ایک نہایت فضول سی چیز تھی۔ مٹی کا تیل، جو گھر میں چولھا جلانے یا خودکشی کے کام آتا ہے خفتی بکے جا رہی تھی۔ تیل کی ایک بوند نہیں ہے۔ پھر مجھے مت کہنا کھانا نہیں پکایا۔ میں نے کہا، میں نہیں کہوں گا۔ بھوکا مروں گا پر تمھیں نہیں کہوں گا۔ مجھ سے تیل کے کیو میں کھڑا نہیں ہوا جاتا۔

۔میں دراصل عورت کے
اس جذبے سے فائدہ اٹھا رہا تھا، جس سے وہ مرد کو کبھی بھوکا نہیں دیکھ سکتی وہ لڑے گی، جھگڑے گی، گالیاں دے گی لیکن پھر کیسے بھی کہیں سے بھی بندوبست کر کے آپ کا پیٹ بھرے گی۔ پھر گالیاں دے گی، پھر وہی کرے گی۔ اس میں اچنبے کی کوئی بات نہیں۔ مرد جب بچہ ہوتا ہے تو وہ اسے اپنی چھاتی سے دودھ پلاتی ہے۔ بڑا ہوتا ہے تو اس کے لیے روٹیاں پکاتی ہے۔ اس کی ہر بھوک کا سامان کرتی ہے۔ یہی وجہ ہے کہ آپ کسی کے گھر میں جائیں تو یہ عورت ہی ہے جو سب سے پہلے پوچھے گی۔ آپ کیا کھائیں گے؟ کیا پئیں گے؟ بعض وقت تو پوچھے گی بھی نہیں اور گھر میں جو سب سے اچھی چیز بنی ہے آپ کے سامنے رکھے گی۔ آپ یہ مت سمجھیے کہ وہ آپ پر کوئی احسان کر رہی ہے۔ کھا کر اپنی بھوک مٹا کر اُلٹا آپ اس پہ احسان کر رہے ہیں۔

چنانچہ اس دن میں مٹی کا تیل نہیں لایا، لیکن گھر لوٹا تو خوب پیٹ بھر کر کھانا کھایا۔ صبح جب میں دفتر جانے کے لیے نکلا تو میرے ہاتھ میں اخبار تھا۔ جسے میں آج کل کے حالات جاننے کے لیے کم اور اجابت کے لیے زیادہ استعمال کرتا ہوں۔ ہاں، اخبار ساتھ لیے جائے بغیر مجھے ٹھیک سے باتھ روم

نہیں ہوتا تھا۔ اس دن کے اخبار میں سیاسی خبروں کے ساتھ معمول کے قتل، دھوکہ دہی، اور ریل کے ایکسیڈنٹ وغیرہ کی خبریں چھپی تھیں۔ ریل کے ایکسیڈنٹ تو خیر ریل کام گاروں، سیاسی پارٹیوں کے ڈسپلن کی وجہ سے روز ہوتے ہیں۔ مگر ایک بات جو مجھے خدائی قہر سے بھی زیادہ لگی، وہ بمبئی میں پانی کا قحط تھی۔

پانی کا قحط؟ جی ہاں، یہ بیسویں صدی کے ہندوستان کا ایک بہت بڑا معجزہ ہے، ورنہ ہم نے اپنی تاریخ میں ابھی غلّے کے قحط تک ہی ترقی کی تھی۔ بمبئی کے چاروں طرف سمندر ہی سمندر اور یہاں پانی کا کال، ہمیں فیثا غورث کے اس آدمی کی یاد دلاتا تھا جو نچلے ہونٹ تک پانی میں ڈوبا ہوا ہے لیکن جب پینے کے لیے اپنا منہ نیچے کرتا ہے تو ساتھ ہی پانی کی سطح بھی نیچی ہو جاتی ہے اور وہ پانی میں پیاسا مر جاتا ہے۔ ایک ہی دن پہلے میں نے کیو میں کھڑے ہونے اور مٹی کا تیل لانے سے انکار کیا تھا۔ لیکن اب جب کہ میں نے خفتی کو بتایا کہ کچھ دیش بھگت بمبئی سے اتری لوگوں کو پانی نہ ہونے کی وجہ سے نکال رہے ہیں تو وہ مجھ پر برس پڑی، جیسے میرا قصور تھا اس میں . . . پھر وہ اپنے آپ خود کو گالیاں دینے لگی، جیسے میں نے اس پہ کوئی بہت بڑا الزام لگا دیا۔ اس میں الزام کی کیا بات تھی؟ زندگی خود ایک الزام ہے بھائی، ایک بہت بڑی تہمت جو مرد پہ کم اور عورت پہ کچھ زیادہ ہی لگائی گئی ہے۔ پھر اتنے بڑے ملک، اس کے اتنے بڑے کلچر، فلسفے، پرانی تاریخ کے وارث ہونا ہے تو یہ قیمت تو دینا ہی پڑے گی۔ نہیں دینا تو جائیے امریکہ، جہاں کی اصلی تاریخ ہی تین سو سال پرانی ہے۔ کیسے وہ پاگل کی طرح سے دوڑے

ہیں ۔ مادّی ترقی کی پریڈ گراؤنڈ پہ ۔ آخر روحانی ترقی بھی تو کوئی چیز ہے ۔۔۔

ہم جائیں گے تو کہاں جائیں گے ؟ — خفتی رو رہی تھی اور کہہ رہی تھی ۔ 'انیس برس ہوئے ہم خوشاب' پنجاب سے نکلے ' اپنے پتروں کی مرجادا' ان کی سمپتی چھوڑکر' راستے میں مرے کٹے ' کنوئیں ہماری لاشوں سے پٹے ' پر چلتے رہے ۔ نجر ایک ہی طرف تھی کہ بھارت کی شش شاملا' اس کی ہری بھری گود میں جائیں گے تو سب دکھ دلدّر دور ہوجائیں گے۔ یہاں آئے تو صرف جوتے کھائے' بھگوڑے کہلائے' کچھ کھانے کو نہیں' ہر چیز کو آگ لگی ہے ۔ آج ایک چیز کے دام پندرہ پیسے ہیں تو دس ہی دن میں پچاس پیسے ہوجاتے ہیں ۔ چادر چھوٹی ' مانُس لمبا' آدھا ڈھانپنے پہ بھی پورا ننگا ۔ تم ہی مجھے یہاں لے آئے ۔ بمبئی میں بجنس بہت ہے' اب کرو بجنس ۔ میں تو ہوں ہی بھاگوں جلی ' جو ایک تمھارے ساتھ چلی' دوجے اس سروپ نکھاکے دیس میں باسا کیا ۔ اپنی ناک تو کٹے ہی کٹے ۔ ہم نے یہاں اتنا پیسہ لگایا' کھون پسینہ بہایا اور کھار کی سی کھادر' کھاری جمین کو لاہور کی انارکلی بنادیا اور اب اِدھر کے گھاٹی لوگ بولتے ہیں۔ مومبئی کُنچے رچی ؟ ہم چی — تم پنجابی ' سندھی لوگ جاؤ۔ اب ہم کدھر جائیں ؟ بولو ؟ اپنا بھارت دیس کدھر ہے' بولوجی ۔۔۔ ؟

میں کیا بولتا ؟ بنگال ہے تو بنگالیوں کا ۔ گجرات گجراتیوں کا ' دکھن دکھنیوں کا ' ہمارا تو کچھ بھی نہیں ۔ ہم تو تیرتی ہوئی آبادی کہلانے لگے ، کچھ دیر بعد اڑتی ہوئی کہلائیں گے ۔ میں اخبار ہاتھ میں لیے دفتر جانے کے لیے باہر نکلا تو کیا دیکھتا ہوں باہر چالی کے میدان میں نل خون کے آنسو رو رہا ہے ۔ مٹی میں ملا ہوا ایک قطرہ ٹپکتا ہے ۔ میں سوچتا ہوں کہیں مٹی کا تیل

ہی نہ ہو۔ لیکن نہیں وہ پانی ہے۔ نل اپنی سانس روک کر سوں سوں کرنے لگتا ہے۔ اس کے نیچے لوٹس گھی کا ایک خالی ٹین رکھا ہے اور اس کے بعد لائن میں کچھ نہیں تو پچاس ساٹھ مٹکے، بالٹیاں، ٹھلیاں پڑی ہیں اور کچھ نہیں تو پتھر ہی پڑے ہیں جو کسی کی باری کی نشانی ہیں۔ ان کے مالک یا مالکنیں آئیں گی تو برتن کے آگے پیچھے ہو جانے سے ایک دوسرے کے بال نوچیں گی۔ لڑتی ہوئی چھچھوندریں معلوم ہوں گی۔خفتیاں سب کی سب...

اس سنسار کا سارا سوندریہ انسان کے کارن ہے اور جب انسان نہ ہو تو اس کی چیزیں کتنی بھیانک معلوم ہوتی ہیں۔ آپ نے کسی مرنے والے کی پشواز دیکھی ہے؟ میں نے دیکھی ہے۔ یہ ہندو مسلم فسادات کے بعد کی بات ہے۔ میں ان دنوں جموں میں تھا اور ایسے ہی چلتے ہوئے توی دریا کے کنارے جا نکلا۔ وہاں ریتے میں ایک ڈھانچ پڑا تھا۔ جس کا کچھ حصہ ریت میں تھا اور کچھ باہر۔ ڈھانچ دیکھنے سے کیا پتہ چلتا ہے کہ وہ مرد کا ہے یا عورت کا۔ ایک عام آدمی کو پیلوس (pelvis) دیکھنے سے اندازہ نہیں ہوتا۔ لیکن صاحب، اس ڈھانچ کی ٹانگوں کے ساتھ پشواز کے چیتھڑے چپکے ہوئے تھے، اور ایک بازو کی ہڈی پہ چوڑیاں تھیں جو آب وہوا اور باد و باراں سے کالی پڑ چکی تھیں۔ میں وہاں سے بھاگ نکلا... جیسا کہ میں حقیقت کو دیکھ کر ہمیشہ کرتا ہوں۔ لیکن بھارت دیس ہی اتنا بڑا ہے کہ جہاں سے بھاگیں وہ بھارت اور جہاں پہنچیں وہ بھی بھارت اور پھر بھارت کہیں بھی نہیں... ہاں، تو میں ان برتنوں کی بات کر رہا تھا.... وہ برتن موجود اور برتن والیاں غائب! نل میں پانی شاید دو بجے چھوٹتا تھا۔ ڈیڑھ بجے کے قریب منظر انگڑائی لے کر جاگے گا اور بھرپور ہو جائے گا۔ جھگڑے ہوں گے، مار پٹائی ہوگی اور پھر

جا کے کہیں خون یا پانی ہوگا۔ جو بھی ہوگا اچھا ہی ہوگا کیوں کہ اس مردہ بول سے وہ زندہ بول اچھا۔۔۔ وہ خالی برتن جن کے منہ کھلے تھے اور کنارے تڑے مڑے، ٹوٹے ہوئے، جیسے محبت کی پے در پے ضربوں سے کسی چھنال کے ہونٹ۔۔۔ میں اخبار ہاتھ میں لیے وہاں سے بھی بھاگ نکلا۔

بس کا کیو خاصا لمبا تھا اور دفتر سے پہلے ہی دیر ہو چکی تھی۔ اس پر بھی کیو میں لگے بغیر چارہ نہ تھا۔ ڈر کے کارن وہ کیو مجھے ایک بہت بڑا اژدہا معلوم ہو رہا تھا۔ ہاں، ڈر اور اژدہے میں کیا فرق ہے؟ انسان کے من میں دونوں چیزیں ہیں۔ ڈر اور امید۔ اندھیرا اور روشنی۔ اس لیے ڈر کی صورت ہمارے مذہبی پیشواؤں نے اژدہے کی بنائی ہے، جو منہ پھاڑے، دانت نکالے، اپنے چار پاؤں سے آہستہ آہستہ چلتا ہوا ہم پہ رینگ آتا ہے۔ کیوں کہ ہم گناہ گار ہیں۔ زندگی کے گناہ سے آلودہ اگر ہم اژدہے کے کھلے ہوئے منہ، اس کے بڑے بڑے دانتوں اور آگ برساتی ہوئی آنکھوں سے بچ بھی جائیں تو اس کی دم کی مار سے کہاں بچ سکتے ہیں جو کوریا سے لے کر چین، جاپان اور بیچ میں ہندوستان سے لے کر لنکا تک پھیلی ہوئی ہے۔ لیکن یہ کیو ایک عجیب اجگر تھا جو سرکتا ہی نہ تھا اور ہم جہاں کے تہاں کھڑے تھے۔ معلوم ہوتا تھا حالات کی جادوگرنی نے انسان کو مکھی بنایا اور دیوار پہ لگا دیا۔ پھر کیو تھوڑا سا ہلا جیسے مرے ہوئے سانپ کی دم بھی ایکا ایکی کسی بدنی اضطرار سے اپنے آپ ہل جاتی ہے لیکن اگلے ہی لمحے وہ ساکت ہو گیا، کیوں کہ بس نہیں آئی تھی۔ ایسے میں اخبار کا وہ حصہ بہت کام آتا ہے جس میں کوئی سکینڈل چھپی ہوتی ہے، اور ایک ادیب کی تحریر کے ساتھ تقریباً ننگی لڑکی کی تصویر۔ میں اس ننگی لڑکی میں اتنا غرق ہو گیا کہ کوئی ہوش ہی

نہ رہا، جبھی سامنے سے آواز آئی۔

"ٹین کہاں ہے؟"

"این — ؟" میں نے اخبار سے سر اٹھایا۔ "ٹین؟"

"ہاں ہاں — ٹین، کنستر، کنستر۔"

— جبھی مجھے پتہ چلا کہ میں مٹی کے تیل والے کیو میں لگ گیا ہوں۔ شاید خفتی کی بات میرے دماغ کے کسی کونے میں رہ گئی، جیسے کوئی مصرعہ شاعر کے دماغ میں رہ جاتا ہے۔ جبھی میرے ساتھ والے نے نہ معلوم مجھ سے کیوں پوچھا۔ "آپ شادی شدہ ہیں؟" . . . . "جی ہاں، جی نہیں۔ . . ." میں نے جواب دیا "میں صرف شدہ ہوں۔ اور پھر دکان دار سے کچھ ایسی ہی مہمل بکتے ہوئے میں وہاں سے بھاگا اور بس کے کیو میں جا لگا جو تیل کی دکان کے برابر ہی تھا۔

دفتر سے اور بھی دیر ہو جانے کی وجہ سے اب مجھ سے اخبار بھی نہ اٹھایا جا رہا تھا۔ میں نے ایک نظر پھر اس کے آخری صفحے پر ڈالنے کی کوشش کی۔ میری حیرانی کی کوئی حد نہ رہی جب میں نے دیکھا، انہی چند لمحوں کے بیچ کسی نے اس ننگی لڑکی کو کپڑے پہنا دیے ہیں اور تصویر کے ساتھ چھپی ہوئی ادبی تحریر فحش معلوم ہو رہی ہے۔

میری حیرانی، میری پریشانی تو تھمتی ہی نہیں۔ دفتر میں سپرنٹنڈنٹ نے مجھے کہا بھی تو صرف اتنا سا۔ "گجن سنگھ، آج تم پھر لیٹ آئے؟"

"ایسے ہی، اسرانی صاحب —" میں نے لنگ سی عذر داری کرتے ہوئے کہا۔ "بات یہ ہے آج میں غلطی سے غلط کیوں میں لگ گیا۔ ہی! اور ساتھ ہی میں دل میں سوچ رہا تھا کہ دو بار نفی کا استعمال مثبت ہو جاتا ہے!

"ہو جاتا ہے۔" اسرانی نے کہا۔ "کبھی ایسا بھی ہو جاتا ہے۔"
"کیا ایسا ہو جاتا ہے؟" میں نے حیران ہو کر پوچھا۔
"یہی — زندگی میں آدمی کبھی غلط گیر میں بھی لگ جاتا ہے۔" . . . .

اور پھر اسرانی نے اپنے آپ کو کسی فائل میں ڈبو دیا۔ اور میں اپنے ٹیبل پر لوٹ آیا۔ کسی بیوہ کا کیس تھا جسے ڈھونڈنے کے لیے میں نے پرانے ریکارڈوں کی سب خاک اپنے سر پر ڈال لی تھی۔ بات یہ تھی کہ لنک فائلیں نہیں مل رہی تھیں۔ بیوہ کے کئی دیور جیٹھ تھے جو ہندوستان بھر میں پھیلے ہوئے تھے۔ ایک لینس ڈوان کی چھاؤنی میں ٹھیکے دار تھا۔ دوسرا کٹک میں کہیں سر پٹک رہا تھا اور ایک تو ہانڈی میں تھا۔ پھر ایسے ہی کئی بہنیں تھیں، جن میں سے ایک نے تیسرا شوہر کر لیا تھا اور تینوں میں سے دو دو، تین تین بچے تھے۔ شاید چار بھی ہوں۔

مجھے اپنا آپ ایک ہاتھی لگا جو پہلے تو سونڈ سے سب مٹی، سب کوڑا کرکٹ اپنے بدن پر پھینک لیتا ہے اور ارنف ارنف کرتا ہوا پانی میں چلا جاتا ہے اور پھر ویسے ہی سونڈ کی مدد سے پانی کے فوارے کو اپنے بدن پہ چھوڑنے لگتا ہے۔ بیوہ کی مدد تو میرے لیے گنگا اشنان سے بھی زیادہ تھی۔ چنانچہ میں نے سب لنک فائلیں جانے کہاں کہاں سے ڈھونڈھ نکالیں۔ کیس کے باقی کو بڑھ سیدھے کیے اور اس کا کلیم خود جا کر کمشنر صاحب سے پاس کروا دیا۔ لیکن وہ بیوہ صرف میرا شکریہ ادا کر کے چلتی بنی۔ بیوہ جو مجھے ایکسائیٹ کرتی ہے۔ جاتے ہوئے اس نے ایک مسکراہٹ بھی تو میرے پلے نہ ڈالی۔ شاید وہ مسکرا ہی نہ سکتی تھی، کیوں کہ اس کے ہونٹوں کے ارد گرد کی رگیں اور پٹھے ایک مسلسل مصیبت میں جامد ہو چکے تھے اور ہر را ہرو محبت

نے اس کے لیے محبت کے سے حسین و جمیل جذبے کو ایک بے معنی سی گردان بنا دیا تھا....

جبھی مجھے سپرنٹنڈنٹ اسرانی کی ہمدردی سمجھ میں آئی۔ اس نے ریزہیری بجائے نندلال کو دے دیا تھا جو بہت چالو آدمی تھا۔ نندلال اوپر سے جو کچھ کماتا تھا اس میں اسرانی کی بھی پتی تھی۔ میرا لیٹ آنا تو ایک بہانہ تھا۔ پھر نندلال نے اسرانی سے خاندانی تعلق پیدا کر رکھا تھا اور مہینے میں دو تین بار وہ اپنی بیوی کے ساتھ اسرانی کے کنوارے کوارٹرز میں جاتا تھا۔

سیٹلمنٹ آفس اچھا خاصا کبوتر خانہ تھا۔ اس میں زیادہ تر تو سندھی اور پنجابی ہی کام کرتے تھے، لیکن اب کچھ مدراسیوں نے آنا شروع کر دیا تھا اور آپ جانتے ہیں کہ ایک بار دفتر میں مدراسی آجائیں تو پھر پورا دفتر مدراسیوں سے بھر جاتا ہے۔ مگر یہ تو بنگالیوں کے بارے میں بھی کہا جا سکتا ہے اور مراٹھوں کے بارے میں بھی۔ اس سلسلے میں پنجابی بہت اچھا ہے وہ ایک بار کسی دفتر میں آجائے تو مجال ہے جو کسی اور پنجابی کو پاس بھی پھٹکنے دے، چاہے وہ کتنا ہی قابل ہو.... دفتر میں آزادانہ ایک دوسرے کی ماں بہن ہوتی تھی اور ہر قومیت قوم بننے کے کرب میں مبتلا تھی۔

وہ دن بہت گندہ تھا یا شاید مجھے ایسا معلوم ہوتا تھا۔ کیونکہ اسرانی نے میری ترقی کے سب راستے روک دیے تھے اور میری بیوی بدصورت اور بوڑھی ہو گئی تھی اور مجھے مسکراہٹوں کو سکّے میں ڈھالنے کا فن نہ آتا تھا۔ دفتر میں جو کچھ ہو رہا تھا وہ ہندو مسلم فسادات سے کہیں زیادہ تھا۔ قتل سے زیادہ تھا اور خون سے بھی زیادہ۔ بعض وقت تو مجھے ایسا معلوم ہوتا

ہے، کسی چیز، کسی جذبے کی ضرورت سے زیادہ نفی کرنا ہی اُسے قبول کرنا ہے۔ ہندو جتنا زیادہ اس دنیا کو مایا سمجھتا ہے، اتنا ہی وہ پیسے کا پجاری ہے۔ ہندوستان میں کوئی جگہ ایسی نہیں جہاں اس نے دولت کو ایک دیوی، لکشمی دیوی نہ بنا دیا ہو اور ایک گندے اور بھونڈے طریقے سے اس کی پوجا نہ کی ہو۔ وہ پوجا میں اس کی پوجا کرتا ہے۔ دیوالی میں پوجا، دسہرے میں اپنی کار پہ صد برگ کے ہار ڈالتا ہے جو دنیا کا کوئی بشر نہیں ڈالتا۔ کیسے مورتی پوجا اور پیسے کی پوجا آپس میں گڈمڈ ہو گئے ہیں۔ بہرحال اپنے دیس میں ایک نیا ضمیر جاگا ہے، ایک نئے انتاکرن نے انگڑائی لی ہے۔

اور پیسہ ہے کہ دن بدن میلا ہوتا جا رہا ہے۔ کبھی جو نیا چھپا ہوا نوٹ ہاتھ آتا ہے تو اپنا آپ کتنا ستھرا اور کتنا صاف معلوم ہوتا ہے۔ یا شاید میرا اپنا من گندہ ہے۔ جب بھی میرے ہاتھ میں میلا اور چڑمُڑ سا نوٹ آتا ہے تو مجھے ایسا معلوم ہوتا ہے، اسے دق کے مریض نے چھُوا ہے، یہ رنڈی کے کوٹھے سے آیا ہے۔ لیکن جب حوصلہ کر کے اُسے ہاتھ میں لیتا ہوں تو مجھے یوں لگتا ہے، میرے ہاتھ میں روپیہ نہیں، چھ آٹھ آنے ہیں جنھیں میں چار آنے میں نکال دینا چاہتا ہوں۔

وہ تنخواہ کا دن تھا اور مجھے "ریز" کی امید تھی۔ امید کیا، میری باری تھی۔ لیکن ..... میں پیسے ہاتھ میں لیے ہوئے نکلا تو مجھے ایسا محسوس ہوا جیسے میں عورت ہوں اور ابھی ابھی میری آبرو ریزی ہوئی ہے۔ میں نے اپنی مرضی، اپنی خوشی اور محبت سے اپنے بدن کو پیار کرنے والے کے حوالے نہیں کیا۔ بلکہ کسی نے زبردستی میری عزت لوٹی ہے۔ بدن کی بات

چھوڑیئے، روح کے تکبّر کا کیا ہوا۔ شاعر کے لفظوں میں ہم تو 'کوچہ و بازار کا مال' ہو گئے۔ جو بھی نگاہ ہم پہ اٹھتی ہے، خریدار کی طرح سے اٹھتی ہے... رونا دل سے اٹھتا ہے، مگر آنسو کہیں گلے میں پھنس کے رہ جاتے ہیں۔ اردگرد کے سب لوگ رنڈیاں ہیں، جو اپنے دھندے کے سلسلے میں گاہکوں کو پھنسا رہے ہیں۔ آنکھ مار رہے ہیں اور بیچ بیچ میں اپنے بدن کے وہ حصّے دکھاتے ہیں جن سے مرد کے دماغ میں ایک محشر برپا ہو جاتا ہے۔

دفتر سے لوٹنے پر یوں معلوم ہوتا ہے جیسے بازار 'پکاسو' نے بنایا ہے۔ آرٹ نہ ہوتے ہوئے بھی کتنا بڑا آرٹ ہے اس میں، ہوٹل میں سٹیشنری دکھائی دے رہی ہے اور کہیں فولاد کی لیتھ پر کوئی حسینہ الارپو ناچ رہی ہے۔ پرائمری رنگوں میں وصال کسی ربط سے نہیں۔ وہ دھبے سے ہیں، ایسے ہی ایک دوسرے سے دست و گریباں۔ اگر آپ نے نیسل کو نارنجی میں حل ہوتے نہیں دیکھا تو چلیے میں دکھاتا ہوں۔ غالباً آپ نے بمبئی میں سمندر کے بیچ حاجی علی حسین مسجد پہ شالیمار بسکٹوں کا بڑا سا نیون سائن نہیں دیکھا جس نے خدا کو بسکٹ بنا دیا۔ وکٹوریہ والے کی وہ گالی نہیں سنی جو ٹھمری کے ریکارڈ 'جمنا کے تیر' پہ سُپرامپوز ہو رہی ہے۔ میری قمیص پہ یہ گل کاری کسی حسینہ کی کشیدہ کاری نہیں پان کی پیک ہے جو کسی نے چلتی بس پر سے مجھ پر پھینکی ہے۔ سڑک پہ کیلے کے چھلکے اور ردّی کاغذ دیوالیے کی دستاویزیں بنے اُڑتے پھر رہے ہیں اور یہ کتاب جو آپ میرے ہاتھ میں دیکھ رہے ہیں گرما گرم نسخہ ہے جو سڑک کے کنارے والی اسٹال کا مالک میرے ہاتھ میں تھما گیا ہے۔ اسے پڑھیے

اور پھر آجائیے ٹیگور، ٹالسٹائی اور چیخوف ....

اپنے جسمانی اور ذہنی افلاس کی وجہ سے میں بہت سی اِدھر اُدھر کی چیزیں خریدتا ہوں۔ میں پیسہ رکھ ہی نہیں سکتا نا۔ پیسہ وہی رکھتا ہے جس کے پاس پیسہ ہو۔ اب میں لٹل ہٹ میں جاؤں گا اور ریتا کا ناچ دیکھوں گا جو اپنے بدن پہ انجیر کا پتہ، صرف انجیر کا پتہ لٹکائے پھرتی ہے۔ ایک گلابی تاگے سے جو بدن کا ہم رنگ ہونے کی وجہ سے دکھائی نہیں دیتا۔ نہیں، نہیں میں نہیں جاؤں گا خفتی ناراض ہوگی۔ جب مجھے کیا پتہ تھا۔ وہ پھر بھی ناراض ہوجائے گی اور پورے دیس کا الزام خود پہ لیتی ہوئی گاؤں جاکر اپنے بھائی کے پاس بیٹھ جائے گی اور پھر کبھی نہیں آئے گی اور میں اپنی خفت کو چھپانے کے لیے سب سے کہتا پھروں گا۔ میں نے خفتی کو نکال دیا۔ بہت بک بک کرنے لگی تھی وہ....

میں گھر تک پیدل جانے کی سوچتا ہوں۔ ایسے ہی اپنے آپ کو اذیّت دینے کے لیے جیسے یوگی اپنے چاروں طرف آگ جلاکر بیچ میں تپ کرنے بیٹھ جاتا ہے۔ یا اپنے آپ کو زندہ درگور کرلیتا ہے۔ خود کو اذیّت دینے سے کون سا کام ہے جو ہمارے ملک میں نہیں ہوسکتا۔ آپ آج سے کھانا چھوڑ دیجیے، دیکھیے کیسے گؤ ہتیا بند نہیں ہوتی؟ ایک صوبے کے دو یا دو کا ایک نہیں بن جاتا؟ سرکش طالب علم بکری بن کر اپنے کلاس روم میں نہیں لوٹ جاتے؟ چنانچہ اسی تپسیّا کے عمل میں اپنے وجود سے نکلنے والی۔ برقیات کی مدد سے بھارت کا بھوشیہ سنوارتے ہوئے میں چلتا گیا۔ جبھی گرے رنگ کی مرسڈیز کار کا مجھے دھکّا لگا اور میں بجلی کے ایک کھمبے سے جاٹکرایا۔ اب برقی رویئں میرے بدن سے نکلنے کے بجائے الٹا

میرے بدن میں آرہی تھیں۔ ہندوستان کا مستقبل ستیاناس ہو رہا تھا۔ میں فٹ پاتھ پہ جا گرا تھا جو کہ میری اصلی جگہ تھی۔ خون نکلا تھا مگر تھوڑا سا۔ وہ زیادہ نکلنا چاہیے تھا۔ فصد کچھ اور بھی کھلنا چاہیے تھی۔ ہاں میری اذیت پسندی یہی چاہ رہی تھی اور اسی میں ملک اور قوم کا بھلا تھا۔ اس لیے میں تو نہ چاہتا تھا کہ کار کے مالک کو کچھ بھی کہا جائے لیکن لوگوں نے اسے پکڑ لیا اور مارنے لگے۔ اب جو بھی آتا تھا اسے ایک لگا کر چل دیتا تھا۔ یہ کوئی نہ پوچھ رہا تھا، قصور کس کا ہے؟ حالانکہ قصور میرا تھا۔ سراسر میرا، جس نے اپنی اصلی جگہ کو چھوڑ کر سڑک پر چلنا شروع کر دیا تھا، لیکن لوگ — جانے کہاں کی مار کہاں نکال رہے تھے وہ اندر سے کتنے ممنون نظر آرہے تھے کہ میں نے انھیں ایک موقع دیا۔ وہی نہیں، ایک طرف سے کوئی ٹوٹا پھوٹا بوڑھا پارسی چلا آیا جس کے بدن میں رعشہ تھا۔ اس نے بھی ایک ہاتھ سے اپنا دوسرا ہاتھ پکڑا اور اس غریب امیر کے جڑ دیا۔ وہ مار رہا تھا اور کہہ رہا تھا۔ ہت، تھے آئیں شوں کریو؟ .... ہت تھے آئیں شوں کریو؟ ... جانے یہ کیسی نامردی تھی جس کا وہ بدلہ لے رہا تھا۔

جبھی میری نظر کار کے مالک پہ پڑی اور اپنے ماتھے سے خون پونچھتے ہوئے میں لپک کر کھڑا ہو گیا اور چلانے لگا .... چھوڑ دو، چھوڑ دو اسے ...

اب اس کے خون بہہ رہا تھا۔ غالباً اتنا ہی جتنا میرے بہا۔ بے شک کوئی تول کے دیکھ لیتا۔ سر پر سے خون بہنے سے اس کی آنکھیں بند ہو گئی تھیں، جنھیں پونچھتے، کھوستے ہوئے اس نے میری طرف اور میں نے اس کی طرف دیکھا۔

"شانتی ....!" میں نے پکارا۔

شانتی لال نے کانپتے ہوئے میری طرف دیکھا اور بولا "گجن! مجھے بچاؤ، مجھے بچاؤ اور پھر دہشت کے عالم میں وہ مجھ سے لپٹ گیا۔

لوگ حیران ہو رہے تھے اور جو حیران نہیں تھے مجھے ماں بہن کی گالیاں دینے لگے....

"تم کہاں، شانتی.... یہ کار؟"

"ہاں یار....!" وہ ابھی تک ہانپ رہا تھا۔

"یہ کس کی کار ہے؟"

"میری!"

"تم....؟"

میں سوچ رہا تھا یہ آدمی جس نے میرے ساتھ فاقے کیے ہیں اور رے روڈ کے ایک گندے سے ہوٹل میں میرے ساتھ رہا ہے کار کا مالک کیسے ہو گیا؟ لیکن جلد ہی بات میری سمجھ میں آ گئی۔ وہ مرکز میں کسی ڈپٹی منسٹر کا بھانجا تھا۔

شانتی نے بہت منت کی کہ میں اس کی کار میں چلا آؤں لیکن میں نے صاف انکار کر دیا۔ اس کی وجہ؟ — یہ میں آپ کو پہلے بتا چکا ہوں۔ شاید شانتی ڈر رہا تھا کہ میں پولیس میں رپورٹ کروں گا۔ لیکن میں نے اُسے یقین دلایا کہ میں ایسا نہیں کر سکتا۔ اس نے جیب سے دس روپے نکال کر دو کانسٹیبلوں کو دے دیے اور مجھے ٹاٹا کہہ کر چل دیا۔ قاعدے سے مجھے چاہیے تھا وہاں جاتا اور اینٹی ٹیٹانس انجکشن لیتا، لیکن میں تو چاہتا تھا مجھے ٹیٹانس ہو جائے۔ خود کو بچانے کا جو فطری جذبہ انسان میں ہوتا ہے، میں اور میری قبیل کے ہندوستانی اس سے بہت آگے

نکل چکے تھے۔

سڑک پہ چوہے جا رہے تھے اور چھچھوندریں۔ کسی چوہے نے سوٹ پہن رکھا تھا اور چھچھوندر کا شٹا لگائے گھوم رہی تھی۔ ان میں سے کسی کے چہرے پر رونق نہ تھی۔ کہیں خون کے آثار نہ تھے...... اور میں سوچ رہا تھا، جب بمبئی میں پانی ختم ہو جائے گا تو یہ سب کیسے بھاگیں گے، ایک دوسرے پہ گرتے پڑتے، نوچتے، کاٹتے.... چوہے!

جبھی میں پریل کے علاقے میں جا پہنچا۔

بیس پچیس آدمی سر گرائے ہوئے جا رہے تھے۔ ایک سُست سی رفتار سے، ان کے چہروں پر ماتم تھا۔ ضرور ان غریبوں کا کوئی مر گیا تھا اور یہ اس ماتمی جلوس کا حصہ تھے۔ میں نے مڑ کر دیکھا تو مجھے کوئی ارتھی، کوئی جنازہ دکھائی نہ دیا۔ تھوڑا آگے، اُن سے کچھ ہی فاصلے پر تیس پینتیس آدمی اور بھی دکھائی دیے جو ویسے ہی سر جھکائے ہوئے جا رہے تھے۔ ضرور وہ ان پہلے آدمیوں کا حصہ ہوں گے۔ ضرور اِن کا کوئی بہت ہی محبوب، بہت ہی چہیتا مر گیا ہوگا، ورنہ سوائے لیڈر کے ایک عام آدمی کے جنازے کے ساتھ بمبئی میں اتنے لوگ کہاں جمع ہوتے ہیں؟...

میں نے گھوم کر دیکھا، لیکن مجھے پھر کوئی جنازہ دکھائی نہ دیا۔

ہمّت کر کے میں نے اُن میں سے ایک سے پوچھا "... آپ لوگ... جنازہ کہاں ہے؟"

"جناجا؟" اُس نے حیرانی سے کہا۔

"ہاں ہاں۔ جنازہ، ارتھی!... کوئی مر گیا ہے نا؟"

"نہیں . . . ." اس نے ہر قسم کے جذبے سے عاری، بے رنگ سا چہرہ اوپر اٹھاتے، میری طرف دیکھتے ہوئے کہا۔

"کیا، آیا تھا کل سے . . . ہوتا مجبور لوگ ہم . . . .!"

میں اسی طرف جا رہا تھا لیکن معلوم ہوتا تھا انہی لوگوں کے ساتھ جا رہا ہوں جن کا جنازہ بھی غائب ہے . . . .

آئینے کے سامنے

مجھے آج تک پتہ نہ چلا، میں کون ہوں؟

شاید اس سے کوئی یہ مطلب اخذ کرے کہ میں عجز و انکسار کا اظہار کر رہا ہوں تو یہ نادرست ہوگا۔ عین ممکن ہے کہ جو آدمی کسی دوسرے کے آگے نہیں جھکتا، یا کسی خاص مدرسۂ فکر و خیال یا مذہب یا "ازم" کی پیروی نہیں کرتا، عجز کا حامل ہو اور وہ شخص جو بہت ہاتھ جوڑتا ہے، جھک جھک کر بات کرتا ہے، انا کا بدترین نمونہ ہو۔۔۔

بلکہ بہت انکسار کا اظہار کرنے والا شاید زیادہ خطرناک انسان ہوتا ہے ؎

اپرادھی دونا نویں، جیوں ہنتاں مرگا نہہ

گرنتھ صاحب

۔۔۔ اپرادھی دگنا جھکتا ہے، جیسے ہرن کو مارنے کے لیے شکاری!

میں جانتا ہوں، میں عام طور پر ایک سادہ اور منکسر المزاج آدمی

ہوں لیکن مجھ پر ایسے لمحے آتے ہیں، بادی النظر سے دیکھنے والا جسے میری انا سے تعبیر کر سکتا ہے۔ وہ لمحے اس وقت آتے ہیں جب میں کوئی ادبی چیز لکھنے کے لیے بیٹھوں۔ مضمون میرے ذہن میں ہو۔ بات نئی اور مختلف اور مجھے اسے کہنے کے انداز پر ایک اندرونی طاقت اور صحت کا احساس ہو۔ جب معلوم ہوتا ہے، میں اپنے آپ کو ایک غیر شخصی حیثیت سے دیکھ رہا ہوں — ہٹ جاؤ، میں آرہا ہوں، باادب با ملاحظہ ہوشیار یا.... ساودہان، راج راجیشور، چکرورتی سمراٹ ... رنگ بھومی میں پدھارتے ہیں...

چونکہ ایسے احساس کے بغیر لکھنا سہل نہیں، اس لیے میری یہ لمحاتی انا انکسار سے دور کی بات نہیں۔ اس وقت کاغذ اور میرے درمیان کوئی نہیں ہوتا، اس لیے کسی کو اس سے فرق نہیں پڑتا۔ اپنے گھر بیٹھ کر کوئی اپنے آپ کو کالی داس یا شیکسپیئر سمجھ لے، اس سے کسی کا کیا جاتا ہے؟ البتہ لکھ لینے اور پبلشر کے پاس پہنچنے تک بھی وہ اپنے آپ کو عظیم سمجھتا رہے تو بڑا احمق آدمی ہے۔ اوّل تو کاغذ پر نزول ہوتے ہی اپنی اوقات کا پتہ چل جاتا ہے اور جو نہ چلے تو دوست بتا دیتے ہیں۔ اور جو زیادہ بے عزتی کرنا چاہیں تو بتاتے بھی نہیں۔

ہاں، تو میں کون ہوں؟

عام طور پر یہی پوچھا جاتا ہے کہ فلاں آدمی کون ہے؟ یا کیا ہے؟ — مطلب یہ کہ کیا کام کرتا ہے؟ یہ دو سوال میرے سلسلے میں غیر ضروری ہیں کیونکہ چند لوگ مجھے جانتے ہیں۔ کیا کام کرتا ہوں؟ اس سے بھی واقف ہیں۔ بھلا ہو فلموں کا، جنھوں نے مجھے رسوا کر دیا۔ یہ دنیا اشتہاروں کی دنیا ہے۔ مشتہر انسان کی طرف لوگ آنکھیں پھیلا کے دیکھتے ہیں لیکن مشتہر آدمی

کو اپنے جانے پہچانے ہونے کی جو قیمت ادا کرنی پڑتی ہے، اس سے عام آدمی واقف نہیں اور اسی لیے شہرت کی تمنا کیا کرتے ہیں۔ میں تو کچھ بھی نہیں، ہماری فلموں کے ہیرو لوگوں سے پوچھیے۔ کیا وہ اپنی زندگی کا ایک بھی لمحہ فطری طریقے سے گزار سکتے ہیں؟ وہ گھر میں ہوں تو بیوی کے لیے بھی ہیرو بننے کی کوشش کیا کرتے ہیں جو کہ ان کی رگ رگ پہچانتی ہے اور مسکراتے ہوئے کہتی ہے

بہر رنگے کہ خواہی جامہ می پوش
من انداز قدت رامی شناسم

اپنے آپ کو دیکھتا ہوں تو مجھے وہ کتا یاد آتا ہے (میں پھر انکسار کا اظہار نہیں کر رہا) جسے ایک ڈائریکٹر نے اپنی فلم میں لے لیا۔ کتا فلم کے تسلسل میں آگیا۔ یعنی سین نمبر بارہ[12] میں آیا تو سین نمبر اکیاون[51] میں بھی اس کی ضرورت تھی۔ اور وہ سین چھ مہینے کے بعد لینا تھی۔ بے چارہ اچھا بھلا کتا تھا۔ بازار میں گھومتا، کوڑے کے ڈھیر یا اِدھر اُدھر ہر جگہ کھانے کی کسی چیز کی تلاش میں سر دُھنتا تھا لیکن فلم میں آجانے کے بعد وہ ایک معیّن تجارتی چیز، ایک جنس بن گیا جو بک سکتی تھی، جس کا بھاؤ تاؤ ہو سکتا تھا، اس لیے ڈائریکٹر صاحب نے اسے باندھ کے رکھ لیا۔ اب بیچارے کو دن میں تین چار وقت کھانا پڑتا تھا۔ سونے کے لیے گدّے استعمال کرنے پڑتے۔ زکام لگنے پہ سلوتری کو بلوایا جاتا تھا۔ اور ہر آدمی کے آنے پر کتا زور زور سے دُم ہلاتا۔ وہ انسان کو فرشتہ سمجھنے لگا، یعنی جتنا کہ کتا شیطان اور فرشتے کے درمیان تمیز کر سکتا ہے۔ چنانچہ فلم بنتی رہی اور کتا صاحب موج اُڑاتے رہے۔ اُدھر فلم ختم ہوئی، اِدھر انھیں 'آزاد' کر دیا گیا۔ لیکن اب کوڑے کرکٹ

کے ڈھیر سے روزی کریدنے کی اُسے عادت نہ رہی تھی۔ وہ بار بار گھوم پھر کے وہیں پہنچ جاتا اور پہلے سے بھی زیادہ زور سے دُم ہلاتا جس کے جواب میں اسے ٹھوکر ملتی۔ اور چوں چوں کرتا ہوا وہ وہاں سے بھاگ جاتا لیکن پھر گھوم کر وہیں ... وہی حیرانی، وہی گشت، وہی گالی ـــــ یہ ڈاور کیٹر کتا نہیں ـــ کوئی انسان ہے!

یہ اس آدمی کی حالت ہے، جو شہرت میں بہک جاتا ہو۔ یا زندگی میں کسی مرتبے، مقام کا بھوکا ہو، پیسے چاہتا ہو جس سے وہ ہر چیز کو خریدنے کی طاقت حاصل کرسکے۔ قانون، اخلاق، مذہب، سیاست سب کو جیب میں ڈال لے۔ لولیتا کے ہیرو کی طرح کسی نفسیاتی اُلجھن کا شکار ہو جائے، مزے اُڑائے۔ اور لوگ داد دیں ـــــ "بڑے لوگوں کے چونچلے ہیں!" شہرت، مرتبہ، مقام، پیسہ ایسی خطرناک چیزیں ہیں کہ انھیں حاصل کرنے کے بعد ہر شریف آدمی ان کا تیاگ کرنا چاہتا ہے لیکن، 'میں تو کمبل کو چھوڑتا ہوں، کمبل مجھے نہیں چھوڑتا' کی طرح یہ چیزیں اس کا پیچھا نہیں چھوڑتیں۔ یہ بھی محلِ نظر ہے کہ وہ شخص خالی خولی باتیں کرتا ہے یا واقعی ان چیزوں کو چھوڑنا بھی چاہتا ہے؟

ایک دفعہ کا ذکر ہے، میرے ایک چاہنے والے، میرے مدّاح مجھے مل گئے۔ انھوں نے میری کچھ کہانیاں پڑھی تھیں۔ وہ ان بزرگوں میں سے تھے جو زندگی کا راز جانتے ہیں۔ تھوڑی دیر اِدھر اُدھر کی باتیں کرنے کے بعد وہ سیدھے مطلب پر آگئے ـــــ

"بیدی صاحب ... آپ بہت بڑے آدمی ہیں۔"

"جی؟" میں نے کچھ گھبراتے ہوئے کہا "میں جی (پنجابی انداز) جی

میں تو کچھ بھی نہیں۔"

—اور جب انھوں نے مجھ سے اتفاق کیا تو مجھے بڑا غصہ آیا!

میں کون ہوں! کیا ہوں؟ کے سوال تو ختم ہوئے۔ دراصل یہ سوال مجھ پہ لاگو ہی نہیں ہوتے۔ میں تو ان لوگوں میں سے ہوں، جن سے پوچھنا چاہیے—"آپ، کیوں ہیں؟— یعنی کہ آخر— کیوں؟"

یہ بھی میں نہیں جانتا!

واقعی دنیا میں کروڑوں انسان روز پیدا ہوتے ہیں۔ ان سب میں سے ایک میں بھی ایک دن ایکا ایکی پیدا ہوگیا۔ ماں کو خوشی ہوئی ہوگی، باپ کو ہوئی ہوگی۔ لیکن دائیں ہاتھ کے پڑوسی کو پتہ بھی نہ تھا اور پڑوسی کو پتہ ہونا کوئی اچھی بات بھی نہیں۔ وہ ضرور مبارک باد کہنے کے لیے آیا ہوگا لیکن رسمی طور پر۔ میرے پیدا ہوجانے سے اسے کیا خوشی ہوسکتی تھی؟ اُلٹا اس تجارتی دنیا میں اس کے لڑکے پنا لال کا مدمقابل پیدا ہوگیا۔ اس کا حریف۔ اس کی پیدا ہونے والی لڑکی کے لیے خواہ مخواہ کا خطرہ... تو گویا ایک قاعدہ بنا ہوا ہے کہ راجندر سنگھ بیدی پیدا ہو تو مبارک باد دو۔ چوہڑ سنگھ ہو تو بدھائی دو۔ ڈھلو رام یا چھنے خان آجائیں تو خوشی مناؤ، ڈھول بجاؤ۔

ٹیگور کہتے ہیں۔ دنیا میں ہر روز جو اتنے انسان پیدا ہوجاتے ہیں، اس بات کا ثبوت ہے کہ خدا ابھی انسان بنانے سے نہیں تھکا۔ خدا کی کتنی ستم ظریفی ہے، چونکہ وہ تھک نہیں سکتا، اس لیے انسان بناتا جارہا ہے!

بیکار مباش کچھ کیا کر
پاجامہ اُدھیڑ کر سیا کر

چنانچہ خدا کے پاجامے کا آخری ٹانکہ یعنی یکم ستمبر ۱۹۱۵ء کی سویر کو لاہور میں ۳ بج کر ۴۴ منٹ پر، صرف مہا کوی ٹیگور کو ثبوت مہیا کرنے کے لیے پیدا ہوگیا... رام اور رحیم انسان کی طرح بھول گئے کہ یہ دنیا دُکھ کا گھر ہے۔ ورنہ اس دنیا میں مجھے بھیجنا رحمت کی بات تھی؟ بلکہ شاستروں کے مطابق کوئی بدلہ لینے کی۔ کوئی کرم پچھلے جنم میں کیے ہوں گے جنھیں خدا کی رحمت بھی معاف کرنے کی قدرت نہ رکھتی تھی۔

جیسے ہر ماں باپ کی خواہش ہوتی ہے کہ ہمارا بیٹا بڑا ہو تو کلکٹر بنے، ایسے ہی میرے ماں باپ کی بھی خواہش تھی۔ ان بیچاروں کا کیا قصور؟ اُن کی سوچ ہی کلکٹر تک محدود تھی۔ انھیں کیا معلوم کوئی ایسا بھی ہو سکتا ہے جس کے سامنے کلکٹر بھی پانی بھریں۔ جیسے سیدھا سادا ایک جاٹ مالگذاری کے سلسلے میں تحصیلدار کے سامنے پیش ہوا تو تحصیلدار صاحب نے جاٹ کے حق میں فیصلہ کر دیا۔ جاٹ نے بہت خوش ہو کر دعا دی ــــ"خدا کرے تحصیلدار صاحب، آپ ایک دن پٹواری بنیں..."

کمپی ٹیشن کی اس دنیا میں لوگ بڑے بڑے حوالے دیتے ہیں۔ ایک ایسی سازش ہوتی ہے، عام آدمی فوراً جس کا شکار ہو جاتا ہے۔ مثلاً لوگ کہتے ہیں ــــ لنکن لاگ کیبن میں پیدا ہوا اور اسٹیٹس کا پریذیڈنٹ بنا۔ لاگ کیبن سے پریذیڈنٹ، کی روایت کا ذکر کرنے والے بھول جاتے ہیں کہ کتنے لوگ ہیں جو جھونپڑی سے نکل کر راج بھون تک پہنچے۔ اس دھوکے، اس سازش کے شکار ہو کر لاکھوں، کروڑوں سر پٹختے مر جاتے ہیں اور پھر ؏

اجل ہے لاکھوں ستاروں کی اک ولادتِ مہر

اس کے بعد بھی آپ خدائی اور خلقت سے ناانصافی کرنا چاہیں

تو آپ کی مرضی۔

میں ایک بیمار بچہ تھا۔ ایک بیمار ماں کا بیٹا۔ میں نے تپ محرقہ میں وہ غیر متشکل ہچکولے دیکھے ہیں جن کا مرکز مریض خود ہوتا ہے اور اسے یوں محسوس ہوتا ہے جیسے زندگی کے گوپھیے میں ڈال کر اسے بار بار دور، کسی موت کے اُفق سے پار پھینکا جا رہا ہے۔ میں نے سرہانے میں آنکھیں دبا کر ایک دوسرے میں گڈ مڈ ہوتے ہوئے وہ ہزاروں رنگ دیکھے ہیں جو کسی عکس کی زد میں نہیں آتے اور طبیعت جن کا تجزیہ کرنے سے قاصر ہے، قوس قزح جن کی حد باندھنے سے عاری۔ وہ آنسو روئے ہیں جو نمکین تھے اور میٹھے۔ جو کسی ذائقے کی قید میں نہیں آتے۔ اور جسے پیار کرنے والے ماں باپ، بھائی اور بہن یا محبوبہ نہیں پونچھ سکتی۔ سیکڑوں بار میں کسی لق و دق ویرانے میں اکیلا رہ گیا ہوں اور ایکا ایکی ڈر کی پوری شدت کے ساتھ مجھے محسوس ہوا کہ کروڑوں یوجنوں تک میرے پاس کوئی نہیں، میں بھی نہیں ....

بیسیوں بار میں نے انگلستان کا وہ بازار دیکھا ہے، یا بنارس کا وہ گھاٹ جہاں پچھلے جنموں میں میں پیدا ہوا تھا ... گنگا طغیانی کے بعد ہٹ گئی ہے اور کناروں کے قریب سرخی اور زردی سے ملی جلی مٹی کے بیچ ہزاروں، لاکھوں چھوٹی چھوٹی ندیاں چھوڑ گئی ہے۔ جہاں پیر پڑتا ہے تو ایک ندی اور بہہ نکلتی ہے ... اور وہاں آٹھ نو برس کا ایک سیاہ فام بچہ، ننگا، کمر میں سیاہ تاگا باندھے، سر پر چوٹی رکھے کھڑا ہے اور وہ — میں ہوں ...

اس سے پہلے کہ میں بڑا ہو کر اپنی نسوں کو بدکاری اور کاروباری حادثات میں تباہ کر لیتا، میرے اعصاب ختم ہو چکے تھے۔ ذرا سی بات پر ناراض، ذرا سی بات پر ریں ریں روں روں ... ماں بھلا کر مجھے دور

پھینک دیتی تھی کیوں کہ میں اس کی بیمار چھاتی تک چچوڑ ڈالتا تھا... ماں، تم ہو نہ ہو، مجھے میرا دودھ دے دو۔ میں آج تک پکار رہا ہوں — ماں! مجھے میرا دودھ دے دو۔ اور ماں کہیں نہیں ہے... اس کا مطلب جانتے ہیں ؟ — ماں کہیں نہیں ہے ۔ ہاں تو، ایک بار پھینک دینے کے بعد اتھاہ مامتا کے عالم میں ماں مجھے پھر اٹھا لیتی تھی۔ وہ نہیں جانتی تھی مجھے رکھے یا پھینک دے...

میں کئی بار مرا اور کئی بار زندہ ہوا۔ ہر چیز کو دیکھ کر حیران، ہر سانحے کے بعد پریشان ۔ میری حیرانی کی کوئی حد نہیں تھی، پریشانی کی کوئی اتھاہ نہیں ۔ جیسا کہ بعد میں پتہ چلا جیوتش لگوائے گئے ۔ جیوتشی نے کہا ۔ لگن میں کیتو ہے اور برہسپت اپنے گھر سے بُدھ پر درشٹی ڈالتا ہے ۔ یہ بالک کوئی بہت بڑا کلاکار بنے گا ۔ لیکن چونکہ شنی کی درشٹی بھی ہے، اس لیے اسے نام مرنے کے بعد ملے گا... سوریہ سوگریہ ہے، دھن اور لابھ استھان میں پڑا ہے ۔ اور اسی گھر میں شکر ہے جسے سوریہ نے اپنے تیج سے استھ کر دیا ہے ۔ چونکہ شنی شکر کو دیکھتا ہے اس لیے اس کے جیون میں بیسیوں عورتیں آئیں گی ۔ شنی اور شکر کا یہ میل شاید اسے کوٹھے پر بھی لے جائے، لیکن برہسپتی گھر کا ہونے کے کارن کبھی بدنامی نہیں ہوگی — لیجیے !

... پھر منگل بھی سنیچر کے ساتھ پڑا ہے ۔ اگر دونوں ایک دوسرے کو کاٹتے ہیں لیکن پھر بھی منگل منگل ہے، اثر تو کرے گا ہی ۔ کام چلتے چلتے ایک دم رک جائیں گے ۔ خاص طور پر ان دنوں جب کہ برہسپتی وکریہ ہوگا ۔ دسویں گھر میں راہو ہے جسے منگل دیکھتا ہے اس لیے پتنی ہمیشہ

بیمار رہے گی۔ گویا میرے باپ کی بیوی بیمار، دایم المرض اور میری بیوی بھی ... پورے خاندان کو شراپ لگا تھا!

چنانچہ آج تک میں نے ایک بیوی کی زندگی تباہ کرنے اور چند بچوں کا مستقبل خراب کرنے کے علاوہ کوئی اپجاؤ کام کیا ہے تو یہی صفحے کالے کرنا، کچھ کتابیں لکھ ڈالنا اور پھر خود ہی ان کو خریدنے کے لیے چل دینا۔

میری ماں براہمن تھیں اور میرے پتا کھشتری۔ اس زمانے میں اس قسم کی شادی گریٹنا گرین میں بھی نہ ہو سکتی تھی، لیکن ہو گئی۔ میرے ماں باپ ایک دوسرے کے جذبات اور خیالات کا بہت احترام کیا کرتے تھے۔ اس لیے گھر میں ایک طرف گرنتھ صاحب پڑھا جاتا تھا تو دوسری طرف گیتا کا پاٹھ ہوتا تھا۔ پہلی کہانیاں جو بچپن میں سنیں، جن اور پری کی داستانیں نہ تھیں۔ بلکہ مہاتم تھے جو گیتا کے ہر ادھیائے کے بعد ہوتے ہیں اور جو بڑی شردھا کے ساتھ ہم ماں کے پاس بیٹھ کر سنا کرتے تھے۔ چند باتیں تو سمجھ میں آجاتی تھیں جیسے راجا ... برہمن ... پشاچ ... لیکن، ایک بات —

"ماں! یہ گنکا کیا ہوتی ہے؟"

"ہوتی ہے، آرام سے بیٹھو۔"

"اوہوں، بتاؤ نا — گنکا ..."

"چپ۔"

— اور پھر وہ دیا جو ماں ہی کو آسکتی ہے جب وہ اپنے بچے کے

چہرے کو ایکا ایکی کھلاتے ہوئے دیکھتی ہے —

"گنگا بُری عورت کو کہتے ہیں۔"

"تم تو اچھی ہو نا، ماں ؟"

"ماں ہمیشہ اچھی ہوتی ہے ... کسی کی بھی ہو ؟"

"تو پھر بُری کون ہوتی ہے ؟"

"تو تو سر کھا گیا ہے، راجے ... بُری عورت وہ ہوتی ہے جو بہت سے مردوں کے ساتھ رہے۔"

میں سمجھ گیا لیکن دوسرے دن مجھے بے شمار جوتے پڑے۔ ہوا یہ کہ میں نے پڑوس میں سومتری کی ماں کو گنگا کہہ دیا کیونکہ اس کے گھر میں دیور، جیٹھ اور دوسرے انٹ سنٹ قسم کے بہت سے مرد رہتے تھے۔

چنانچہ میری باقی کی زندگی سب ایسی ہی ہے۔ ادھر میں نے سوال کیا، اُدھر زندگی نے کہا — "چُپ"۔

اور جو کبھی جواب بھی دیا تو ایسا کہ میں اسے سمجھ ہی نہ سکوں۔

اور سمجھ جاؤں تو جوتے پڑیں۔

میری جسمانی کمزوری، نسوں کا اُلجھے ہونا، میرے سوالوں کا جواب مناسب طور پر نہ دیے جانا، یا جواب کی ماہیت کا نہ سمجھنا ایسی باتیں ہیں جو کسی بھی بچے میں احساس ذات پیدا کر سکتی ہیں اور وہ ضرورت سے زیادہ محسوس کرنے لگتا ہے، حسّاس ہو جاتا ہے۔ پھر زندگی میں سیدھے سادے اندھیرے کے علاوہ مہاشُونیہ بھی ہے — مقام ہُو ... اور بیسیوں ڈر ہیں، خطرے ہیں، مایوسیاں جو دل میں ہر وقت لرزہ پیدا کیے رہتی ہیں۔ جیسے بجلی کا موہوم اشارہ بھی ڈایافرام میں جھرجھری پیدا

کر دیتا ہے ... باقی کی چیزیں واقعات اور تجربات ہیں جو ہر مصنف کی زندگی میں آتے ہیں۔ وہ اُن سے سیکھتا، ان کا تجزیہ کرتا ہے اور پھر اسے کاغذ پر اتارنے کی کوشش۔

یوں جاننے کو پانچ برس کی عمر میں میں رامائن اور مہابھارت کی کہانیوں اور اُن کے کرداروں سے واقف ہو چکا تھا۔ اب رامائن کتنی بڑی کتاب ہے۔ اس میں کتنے خوبصورت اور ایثار والے کردار آتے ہیں لیکن اس کی کیا وجہ کہ اب رامائین کے کرداروں میں مجھے سب سے زیادہ ہمدردی سگریو کے ساتھ ہوئی جس کا بڑا بھائی بالی اس کی بیوی تک کو اٹھا کر لے جاتا ہے اور وہ بیچارہ منہ اٹھا کر دیکھتا رہ جاتا ہے۔ اگر بھگوان رام ادھر نہ آنکلتے تو سگریو بیچارہ لنڈورہ ہی رہ گیا تھا۔ اسی طرح میری دلچسپی کا مرکز، ایک کردار مہابھارت میں بھی آتا ہے — شکھنڈی، مخنث ... جسے بیچ میں رکھ کر بھیشم پتامہ کو مارا جاتا ہے۔ ورنہ وہ نہ مرتے؟ . . . آج تک زندہ نہ ہوتے۔

ماں کی بیماری کی وجہ سے میرے پتا بازار سے ایک پیسے روز کے کرایہ پر کوئی نہ کوئی کتاب لے آیا کرتے تھے اور میری ماں کے پاس بیٹھ کر اسے سنایا کرتے۔ میں پائینتی میں دبکا سنا کرتا۔ گویا اسکول کی عمر کے ساتھ ٹاڈ کے راجستھان اور شرلاک ہومز کے کارناموں سے واقف ہو چکا تھا۔ جو چیز اپنی سمجھ میں نہ آئی وہ تھی — مسٹریز آف دی کورٹ آف پیرس ... مجھے صرف اتنا یاد ہے کہ وہ اسے بڑے مزے لے لے کر پڑھا کرتے تھے اور میں حیران ہوتا تھا کہ فلاں آدمی کیوں ہر بار کسی نئی عورت سے کیوں گڑبڑ کرتا ہے۔ جب تک میں جان چکا تھا کہ

عورتوں کے پیچھے پڑنا کوئی شرافت کی بات نہیں اور یہ کہ عورت بہت گندی چیز ہے... چنانچہ میں بے کیف ہو کر سو جاتا۔

اس کے بعد میرے چچا نے ایک اسٹیم پریس خرید لیا جو جہیز میں پانچ چھ ہزار کتابیں لایا۔ پرائمری سے مڈل تک پہنچتے پہنچتے میں نے وہ سب چٹ کر لیں۔ میں وہ سلورفش تھا جو ہر پرانی کتاب کے بیچ میں سے نکلتا ہے۔ یا ایک مارک جسے ہر معقول پبلشر نئی کتاب میں ڈال دیتا ہے علمی طور پر میں تقریباً تقریباً ہر چیز سے واقف ہو چکا تھا لیکن عملی طور پر نہیں۔ علم اور عمل میں فاصلہ ہونے سے جو بھی تباہی ہو سکتی ہے، وہ ہوئی۔ میں ہر تجربے کی سولی پر مصلوب ہوا اور شاید میرے لیے ضروری بھی تھا...

زندگی کی ایسی بنیاد کو وضاحت سے بتا دینے کے بعد باقی کے حوادث کا ذکر فروعی ہے۔ یہی نا کہ میٹرک پاس کیا، کالج میں داخل ہوئے۔ انگریزی اور پنجابی میں شعر کہے۔ اردو میں افسانے لکھے۔ ماں چل بسیں۔ ڈاک خانے میں نوکر ہو گئے —— شادی ہوئی، بچہ ہوا۔ پتا چل بسے، بچہ چل بسا۔ نو سال ڈاک خانے میں ملازمت کی۔ ریڈیو میں چلے گئے ..... بٹوارہ ہوا.... قتل و غارت .... لہو سے لتھڑے ہوئے بدن ..... ننگے ریل کی چھت پر دلی پہنچا... اسٹیشن ڈائریکٹر جموں ریڈیو اسٹیشن ...... ریاست کے 'جمہوری نظام' سے لڑائی ..... پھر بمبئی ..... اچھی فلمیں، بری فلمیں... کہیں کہیں بیچ میں افسانوں کی کوئی کتاب...... پھر ہاتھ قلم کرتے رہے۔

لکھتے رہے جنوں کی حکایاتِ خوں چکاں
ہر چند اس میں ہاتھ ہمارے قلم ہوئے

پھر کوئی معاشقہ ..... ایسے لمحے جو بدھ پر بھی نہ آئے، ایسے پل جنھیں اجامل بھی نہ جی سکا..... بیوی میں دلچسپی کا فقدان، بیوی کی اپنے ساتھ محبّت کا خاتمہ ..... وجہ؟ — ادھیڑ عمر کا سٹری پن۔ بڑے بیٹے کا مجھے کاروباری طور پر بیوقوف سمجھنا اور میرا اسے پیسے کا پجاری اور غیر ذمہ دار..... بھلا کوئی بات ہوئی؟

میرے اعتقادات کیا ہیں؟ — کوئی نہیں۔ میری امیدیں کیا ہیں اور مایوسیاں کیا — ؟ کوئی نہیں۔ میں عقلمندی کی وجہ سے کسی عورت سے محبّت نہیں کرتا اور وہ بے وقوفی کی وجہ سے مجھ سے نہیں کرتی، اس لیے کہ میں حرص اور محبت کا فرق سمجھتا ہوں۔ بغیر خواہش کے میری ایک ہی خواہش ہے کہ میں لکھوں۔ پیسے کے لیے نہیں، کسی پبلشر کے لیے نہیں۔ میں بس لکھنا چاہتا ہوں۔ مجھے کسی دھرم گرنتھ کی ضرورت نہیں کیوں کہ اُن متروک کتابوں سے اچھی میں خود لکھ سکتا ہوں۔ مجھے کسی گرو، اُستاد، کسی دیکشا کی، تلاش نہیں کیوں کہ ہر آدمی آپ ہی اپنا گرو ہو سکتا ہے، اور آپ ہی چیلا۔ باقی دکانیں ہیں۔ میں نے ہرے ہرے پتوں اور چنبیلی کے پھولوں سے باتیں کی ہیں اور ان سے جواب لیا ہے۔ میں کاگ بھاشا جانتا ہوں۔ میرا کتا مجھے سمجھتا ہے اور میں اسے۔ مجھے کسی حقیقت، کسی موکش کی ضرورت نہیں۔ اگر بھگوان انسان کو بنانے کی حماقت کرتا ہے تو میں انسان ہو کر بھگوان بناتے رہنے کی بیوقوفی

کیوں کروں ؟ اگر حقیقت کو میری ضرورت ہے تو میں سمجھتا ہوں وہ ماضی اور مستقبل سے بے نیاز، مکمل سکوت کے کسی بھی لمحے میں مجھے اپنے آپ ڈھونڈ لے گی۔ میں ایک سادے سے انسان کی طرح جینا چاہتا ہوں، چاہنے کا مفہوم نکال کر۔ ایک ایسے مقام پر پہنچنے کی تمنا رکھتا ہوں، تمنا سے عاری ہو کر، جسے ہم عرف عام میں سہج اوستھا کہتے ہیں اور جو صرف جاننے کے بعد ہی آتی ہے، اور —

— میں نہیں جانتا!